Seducción en Venecia

Sandra Field

Editado por HARLEQUIN IBÉRICA, S.A.
Núñez de Balboa, 56
28001 Madrid

I.S.B.N.: 978-84-671-6615-6
Depósito legal: B-40754-2008
Editor responsable: Luis Pugni
Preimpresión y fotomecánica: M.T. Color & Diseño, S.L.
C/. Colquide, 6 portal 2 - 3º H. 28230 Las Rozas (Madrid)
Impresión y encuadernación: LITOGRAFÍA ROSÉS, S.A.
C/. Energía, 11. 08850 Gavá (Barcelona)
Fecha impresion para Argentina: 11.5.09
Distribuidor exclusivo para España: LOGISTA
Distribuidor para México: CODIPLYRSA
Distribuidores para Argentina: interior, BERTRAN, S.A.C. Vélez
Sársfield, 1950. Cap. Fed./ Buenos Aires y Gran Buenos Aires,
VACCARO SÁNCHEZ y Cía, S.A.
Distribuidor para Chile: DISTRIBUIDORA ALFA, S.A.

Capítulo 1

MIENTRAS el ferry de la isla Malagash se aproximaba al muelle, Cade Lorimer arrancó el motor de su preciado Maserati y se preparó para la que, sin duda, sería una desagradable entrevista.

Tras despedirse del personal del ferry, bajó por la rampa de metal hasta la estrecha carretera. Sabía muy bien dónde iba. Al fin y al cabo era el propietario de la mayor parte de la isla. Una isla bañada por el sol de septiembre, donde un manto verde cubría las montañas y el agua del mar golpeaba contra las rocas.

Él había ido allí porque Del, su padrastro, se lo había pedido. Y sabía que aquello sólo podía causarle problemas, porque la mujer a la que tenía que buscar era, en teoría, la nieta de Del.

¿La nieta de Del? Aquello debía de ser la broma del siglo. Seguro que ella era una impostora.

Según decía Del, ella había nacido en Madrid y había pasado en Europa la mayor parte de su vida. Excepto durante los últimos once meses, que los había pasado a apenas cuarenta millas de la mansión de verano que Del poseía en la costa de Maine.

Cade no creía en las coincidencias. Tess Ritchie era una impostora que tras enterarse de que Del poseía una importante fortuna estaba intentando reclamarla.

Así que él debía detenerla. Y la detendría.

Junto a la carretera pastaban los ciervos y Cade apenas se fijó en ellos. Al parecer, Del conocía la existencia de Tess desde su nacimiento, e incluso la había mantenido económicamente durante toda su vida, pero nunca había estado en contacto directo con ella ni le había comentado a nadie su existencia.

Hacía tiempo que Cade se había enterado, gracias a los rumores locales, de que Del tenía un hijo que se llamaba Cory. Era la oveja negra de la familia y supuestamente el padre de Tess Ritchie. Del jamás le había contado nada de la existencia de Cory.

Si al final resultaba que Tess Ritchie no era una impostora, significaría que sería pariente carnal de Del, mientras que Cade no lo era.

La idea le resultaba dolorosa, le molestaba que Del pudiera tener una nieta. Sabía que era ridículo, pero era el indicativo de que siempre se había sentido engañado respecto a su relación con Del.

Cade bajó la ventanilla y sintió que el aire le alborotaba el cabello. Llegaría en un par de minutos. El detective le había dicho que Tess Ritchie había alquilado una antigua cabaña de pescadores a las afueras del pueblo.

El detective lo había elegido Cade debido a que tenía una impecable reputación, pero justo en esos momentos había salido a comer.

Cade suponía que cuando se encontrara cara a cara con Tess Ritchie se le ocurriría la estrategia adecuada. Sin duda, tendría que enfrentarse a ella. Aquella mujer no había nacido para resistirse al dinero de Del, y mucho menos a la fortuna de Cade.

Había dos hombres ricos en la familia y ambos tendrían que enfrentarse a ella.

Al llegar a la cala vio una cabaña de pescadores que

habían acondicionado para el invierno. La imagen de Moorings, la casa de verano de Del, apareció en la cabeza de Cade. Del quería que, en el viaje de regreso, él llevara a Tess Ritchie a Moorings.

Recorrió la pista de tierra que llevaba hasta la cabaña y vio que no había ningún coche aparcado en la puerta. Cade sabía que Tess Ritchie trabajaba de martes a sábado en la biblioteca de la zona, y por eso se había ocupado de llegar antes de las nueve del sábado por la mañana.

Se detuvo frente a la cabaña y se bajó del coche. El mar retumbaba en la playa de guijarros y una pareja de gaviotas revoloteaba en el aire. Al respirar la brisa marina, Cade olvidó su cometido por un instante. El amor que sentía por el mar provocaba un extraño lazo de unión entre Del y él.

Tras un suspiro, se dirigió a la puerta pintada de amarillo. Llamó con fuerza y se percató de que el silencio que había al otro lado era el silencio de una casa vacía. Sin duda había hecho el idiota. Ella ni siquiera estaba en casa.

De pronto, escuchó unos pasos y rodeó la cabaña. Una mujer vestida con pantalón corto y un top se acercaba corriendo por la playa. Era ágil, tenía la piel bronceada y llevaba el cabello recogido bajo una gorra de béisbol naranja.

Al verlo, ella se detuvo de golpe y ambos permanecieron mirándose unos diez segundos.

Entonces, ella avanzó despacio hacia él.

De camino a la cabaña Cade se había imaginado a una rubia con los labios pintados de color rojo y un cuerpo exuberante. Se había equivocado. Y mucho. Con la boca seca y la mirada intensa, él la observó detenerse de espaldas al sol.

No llevaba pintalabios. Tenía el rostro cubierto por una fina capa de sudor y sus piernas eran maravillosas. Él dio un paso adelante y ella le preguntó:

–¿Se ha perdido? El pueblo está en aquella dirección.

–¿Es usted Tess Ritchie?

–Sí.

–Me llamo Cade Lorimer. Tengo que hablar con usted.

–Lo siento –dijo ella–, no lo conozco y no tengo tiempo para hablar con usted. Tengo que prepararme para ir a trabajar.

–Creo que cuando sepa por qué estoy aquí encontrará un rato para mí.

–Se equivoca. Si quiere hablar conmigo, vaya a la biblioteca pública. Está enfrente de la oficina de correos, a media milla por la carretera. Estaré allí hasta las cinco. Y ahora, si me disculpa…

–Lorimer –dijo Cade–, ¿no le dice nada ese nombre?

–¿Por qué iba a hacerlo?

–Del Lorimer es mi padre. Es él quien me ha enviado aquí. Su otro hijo, Cory, era su padre.

Ella se puso tensa y dijo:

–¿Cómo sabe el nombre de mi padre?

–Entremos. Como ya le he dicho, tenemos que hablar.

Pero ella empezó a retroceder sin dejar de mirarlo.

–No voy a ir a ningún sitio con usted –le dijo cerrando los puños con fuerza.

«Tiene miedo», pensó Cade. ¿Por qué diablos le tenía miedo? Debería estar saltando de alegría por el hecho de que Del Lorimer por fin hubiera enviado a alguien a buscarla.

–Si no quiere entrar, podemos hablar aquí –dijo él–. Tenemos mucho tiempo. La biblioteca no abre hasta dentro de una hora y media.

–¿Hablar de qué?

–De su abuelo. Wendel Lorimer, más conocido como Del. El hombre que suele pasar el verano a cuarenta millas de aquí, en la costa. No me diga que no lo conoce porque no la creeré.

–Está loco –susurró ella–. Yo no tengo abuelo. Mis abuelos murieron hace años… Y además no es asunto suyo. Sea cual sea su juego, señor Lorimer, no me gusta. Márchese, por favor. Y no vuelva o llamaré a la policía.

El sheriff de la isla de Malagash era un viejo amigo de Cade. Cade debería haber pensado en una estrategia porque nada estaba saliendo como él había imaginado.

–¿Quién le dijo que sus abuelos han muerto?

Ella se estremeció y se cruzó de brazos.

–Márchese… Déjeme sola.

–Tenemos varias opciones, pero ésa no es una de ellas –dijo Cade. Se acercó a ella, la agarró por los brazos y añadió–: Su abuelo me ha enviado. El padre de Cory Lorimer.

Ella agachó la cabeza y le lanzó una patada de forma inesperada. Cade esquivó su pie y ella aprovechó para soltarse y salir corriendo.

Cade la alcanzó en cinco zancadas, la agarró por los hombros y le dio la vuelta para que lo mirara. Pero antes de que pudiera decirle nada, sintió que su cuerpo languidecía entre sus brazos. «Oh, sí, ya estamos con el viejo truco», pensó él, agarrándola por la cintura.

Entonces, para su sorpresa, se percató de que no era un truco. La chica se había desmayado, tenía los ojos cerrados y la tez pálida. Blasfemando en silencio, la dejó en el suelo y le colocó la cabeza entre las rodillas.

¿Así que era cierto que le tenía miedo? ¿Qué diablos estaba sucediendo? Le quitó la gorra y observó su melena castaña con reflejos dorados por el sol. Tenía el cabello suave como la seda. «Está demasiado delgada, pero el tacto de su piel también es maravilloso».

Entonces, ella se movió y murmuró unas palabras.

Cade habló fingiendo tranquilidad.

—Lo siento, no debería haberla asustado. Nunca había asustado a una mujer de esta manera, no es mi estilo. Y es algo en lo que tendrá que creerme. Mire, empecemos de nuevo. Tengo que darle un mensaje importante y he prometido que se lo haría llegar. Podemos hablar aquí fuera, para que se sienta segura.

Despacio, Tess levantó la cabeza y los mechones de pelo cayeron sobre su rostro. «Tengo que cortarme el pelo», pensó.

El hombre seguía allí. Ella se fijó en su cabello oscuro y en sus ojos grises.

Un extraño. «O peor que un extraño», pensó estremeciéndose. Su destino. Oscuro, peligroso y lleno de secretos.

Retirándose el cabello de la cara, Tess dijo con voz temblorosa:

—No tengo nada que merezca la pena robar. No tengo dinero, ni drogas. Lo prometo.

Cade Lorimer la miró fijamente.

—Tienes los ojos verdes.

Ella lo miró boquiabierta. ¿Qué tenían que ver sus ojos verdes con todo aquello?

—No tiene nada que hacer aquí. Cory murió hace años. ¿No puede dejarme en paz?

Cade notaba el corazón acelerado. En toda su vida

sólo había conocido a una persona que tuviera los ojos tan verdes como aquéllos, como el verde de las hojas mojadas en primavera. Aquella persona era Del Lorimer.

Ella debía de ser la nieta de Del. No podía ser de otra manera.

–¿Lleva lentes de contacto? –le preguntó.

–¿De qué manicomio se ha escapado? ¿Ha venido a robarme y quiere saber si llevo lentes de contacto?

–Contésteme –dijo Cade–. ¿Sus ojos son verdes de verdad?

–Por supuesto que lo son. ¿Qué clase de pregunta es ésa?

–La única pregunta que importa –dijo él. Ella no era una impostora y él se había equivocado.

Ella estaba muy tensa y lo miraba como si fuera un ladrón o se hubiera escapado de un centro de enfermos mentales.

Cade sabía que debía explicarle la importancia de su color de ojos, pero no estaba preparado para hacerlo.

–No soy un ladrón. Tengo todo el dinero que necesito –dijo Cade–. Y estoy completamente cuerdo. Respecto a las drogas, no las he probado en mi vida. Ya tengo bastantes emociones en mi día a día como para tomar sustancias químicas –dudó un instante y añadió con renuencia–: He venido a darle algo, no a quitárselo.

–No quiero nada de lo que pueda darme –dijo ella–. Nada.

–¿Cómo puede decir eso si ni siquiera ha oído lo que tengo que decir? –esbozó una sonrisa–. El primer paso es que nos pongamos en pie, ¿qué le parece?

Él la agarró del codo y el frío de su piel penetró en

sus poros. Su cercanía provocó que una oleada de calor, primitivo y letal, recorriera su cuerpo. «Oh, no», pensó. No podía desear a la nieta de Del. Era algo que no entraba en sus planes.

Pero cuando la ayudó a ponerse en pie percibió la fragilidad de su cuerpo y el aroma a lavanda que desprendía su piel. De nuevo, el deseo se apoderó de él de manera imprevista. Cade se esforzó por disimular y trató de relajarse.

Se quitó el chaleco de forro polar que llevaba y se lo echó a Tess por los hombros.

–Tiene frío –le dijo–. Entre y abríguese. También puede llamar a la policía. El sheriff se llama Dan Pollard, y lo conozco desde hace años. Descríbame y él le informará sobre mí. Después, hablaremos.

Tess tragó saliva. Cade Lorimer estaba demasiado cerca de ella. Y aunque su voz denotaba preocupación y su mirada, remordimiento, ella tenía la sensación de que ambas emociones eran superficiales. «Lorimer», pensó y se estremeció. ¿Cómo podía confiar en alguien que tuviera el mismo apellido que Cory, su padre?

–Voy a llamar a la policía ahora mismo –dijo ella–. No me siga.

Una gaviota voló sobre su cabeza mientras ella se dirigía a la cabaña. Cade oyó que cerraba la puerta con llave y después comenzó a pasear de un lado a otro. Si de verdad era la nieta de Del, ¿por qué nunca se había puesto en contacto con él? Llevaba allí casi un año y no se había puesto en contacto con él ni una sola vez. ¿A qué estaba jugando? Le había mentido al decir que sus abuelos habían muerto.

¿Por qué tardaba tanto?

Cade se dirigió a la parte de atrás de la cabaña, preguntándose si habría escapado por la puerta trasera. A través de la ventana pudo ver que Tess Ritchie estaba dentro de la casa, dándole la espalda mientras hacía algo en el fuego. Puesto que no quería espiarla, Cade se volvió para contemplar el mar.

Tess abrió la puerta trasera y dijo:

—He preparado café. Le daré dieciséis minutos de mi tiempo, y ni uno más.

—¿Ha llamado al sheriff?

Mientras ella asentía, Cade tomó una silla de plástico y se sentó. Ella dejó una bandeja en la mesa, sirvió dos tazas de café y acercó un plato de magdalenas hacia él.

—¿Son caseras? —preguntó Cade.

—De arándanos. Los recogí hace dos semanas. Llevo un año viviendo aquí, ¿por qué ha elegido venir hoy?

Él sabía muy bien cuánto tiempo llevaba ella allí.

—Hace un mes mi padre sufrió un pequeño ataque al corazón y se asustó mucho. Era la primera vez que se percataba de que es mortal como todo el mundo. Fue entonces cuando contrató a un detective para...

—¿Un detective? —preguntó ella con pavor.

—... dijo Cade—. Del quería descubrir su para... ... ...ective le dijo que se encontraba aquí. Usted ... ...de conocer la existencia de Del, o si no, ¿por qué vino a vivir tan cerca de él?

Tess acercó la taza a su rostro e inhaló el aroma del café.

—Vivo en la isla porque me encanta el mar y me ofrecieron un trabajo aquí —«y porque está muy lejos de Amsterdam», añadió en silencio—. ¿Por qué iba a mentirme Cory, diciéndome que mis abuelos habían fallecido? —preguntó—. Mi abuelo murió hace años en

Nueva York. No mucho después, mi abuela no sobre-
vivió a una neumonía.

–¿Cory era un hombre sincero?

–No tenía motivos para mentir.

–Pues mintió. Del está vivo y quiere conocerla. Por
eso he venido… Para contárselo.

–No –dijo ella, vertiendo un poco de café sin querer.

–Ni siquiera me ha escuchado.

–¡No quiero conocerlo! Nunca. Váyase y dígaselo,
y no vuelva a molestarme más.

–Eso no es suficiente.

–Quizá debería tratar de verlo desde mi punto de
vista –soltó ella y se sonrojó.

Cade la miró en silencio. Sus labios eran suaves y
sensuales, la forma de sus ojos, exótica, su color intenso.
Aquélla era la mujer más bella que había visto nunca.

Y eso que había visto, y se había acostado, con más
de una mujer.

–¿Y cuál es su punto de vista? –dijo él.

–Mi padre no me caía bien –declaró ella–. Ni siquiera confiaba en él. Por tanto, no me apetece conocer a su padre, un hombre que ha ignorado mi existencia desde hace veintidós años.

Cade se inclinó hacia delante.

–La ha mantenido económicamente durante vein-
dós años. ¿O lo ha olvidado?

Ella soltó una risita de incredulidad.

–¿Mantenerme? ¿Está bromeando?

–Ha ingresado dinero en una cuenta de Suiza durante cada mes de su vida, para que usted lo disfrutara.

Ella dejó la taza sobre la mesa con fuerza.

–Está mintiendo. No he visto ni un céntimo de ese
dinero.

–¿No será usted la que está mintiendo? –dijo Cade–. Todavía queda mucho más dinero.

Ella se puso en pie.

–No me ofenda. ¡Nunca tocaría el dinero de Lorimer! Es lo último que necesito.

Cade se puso en pie también y miró a su alrededor, fijándose en los tablones deteriorados de las paredes.

–No da esa impresión.

–Dinero… ¿Cree que con dinero se puede comprar todo? Mire a su alrededor, Cade Lorimer. Cada noche me acuesto con el sonido del mar. Veo cómo cambia la marea, cómo comen los pájaros, y cómo los ciervos pasean por la colina. Aquí soy libre. Tengo el control de mi vida y por fin estoy aprendiendo a ser feliz. Nadie va a quitarme todo lo que tengo. ¡Nadie! Ni siquiera Del Lorimer.

De pronto, Tess se quedó sin palabras. «Maldita sea, ¿por qué le he dicho eso? Nunca hablo de mí con nadie. Y no he debido hacerlo con Cade Lorimer, un hombre que exuda la palabra "peligro" por cada poro de su piel».

Él la miraba fijamente.

–Uno de los dos está mintiendo –le dijo–, y no soy yo.

–Entonces, ¿por qué quiere presentarme a mi abuelo si cree que no soy más que una mentirosa interesada?

–Porque él me lo ha pedido.

–¿O sea que le sigue la corriente? Claro, se me olvidaba que es un hombre muy rico.

–Del me proporcionó una infancia feliz –dijo Cade–, y me enseñó muchas cosas a través de los años. Ahora está enfermo y ha llegado el momento de compensárselo.

–No pensaba contarme eso, ¿verdad? –dijo Tess–. Igual que yo no pensaba hablarle de la libertad y de la felicidad.

Furioso por la precisión de su comentario, Cade agarró la taza y dio un trago largo.

–Tess Ritchie, prepara un café horrible –le dijo con una sonrisa–. Durante la hora de la comida, métase en Internet y busque Lorimer Inc, obtendrá datos sobre Del y sobre mí. Voy a invitarla a cenar después del trabajo. La recogeré aquí a las seis y media y continuaremos con la conversación.

Ella arqueó las cejas.

–¿Me está dando órdenes?

–Es inteligente.

–Tengo mis defectos, pero la estupidez no es uno de ellos.

–No pensé que lo fuera –dijo él.

–Bien. Entonces comprenderá por qué no voy a ir a cenar con usted. Adiós, señor Lorimer. Ha sido… interesante.

–Tan interesante que no estoy dispuesto a decirte adiós. Vamos, Tess, seguro que eres lo bastante inteligente como para saber que no voy a desaparecer sólo porque a ti te venga bien. A las seis y media. Como poco, disfrutarás de una cena en el hotel, preparada por uno de los mejores cocineros de la costa –sonrió–. Además, me han dicho que soy un buen acompañante. Y ahora, ¿por qué no te preparas para trabajar en lugar de quedarte ahí mirándome boquiabierta? No quiero que llegues tarde.

–No voy…

Cade rodeó la cabaña, se metió en el coche y se marchó.

Había conseguido alejarse de ella sin volver a tocarla. Por ello se merecía una medalla. Y sabía exactamente qué haría a continuación. Una tarea cuyo resultado tendría más importancia de lo que a él le hubiera gustado.

Capítulo 2

CADE condujo con cuidado entre los baches del camino de la casa de Tess. Llegaba veinticinco minutos pronto. Sólo porque había terminado su tarea y la novela que estaba leyendo no había conseguido mantener su atención.

No tenía nada que ver con Tess, ni con el nerviosismo que le producía la idea de volver a verla.

Se bajó del coche y llamó a la puerta. No obtuvo respuesta. Llamó de nuevo y notó que se ponía tenso. ¿Había hecho el idiota al pensar que ella estaría esperándolo?

Trató de abrir la puerta y se sorprendió al ver que cedía con facilidad.

Una vez dentro, la cerró de nuevo. Ella Fitzgerald sonaba en el equipo de música. El agua de la ducha caía con fuerza.

Tess estaba en casa. No había salido huyendo.

Y a él no debería importarle tanto como le importaba.

Cade miró a su alrededor. Había ropa colgada del respaldo de una silla. Un vestido negro, unas medias y una prenda de ropa interior que lo hizo estremecer. Cade desvió la mirada y se fijó en las coloridas alfombras que cubrían el suelo de madera y en los cojines que había en el sofá. Los libros inundaban las estanterías hechas a mano. La habitación estaba muy limpia.

No había ningún indicio de que ella hubiera tenido acceso al dinero de Del, ni a otra fuente económica importante. Básicamente parecía la casa de alguien que vivía con poco dinero.

Terminó la música y Cade eligió otro CD del montón que había en la mesa.

Oyó que se cerraba el grifo de la ducha y, justo cuando estaba a punto de darle al botón de *play*, oyó que se abría una puerta y los pasos de unos pies descalzos. Se dio la vuelta.

Tess gritó asustada y apretó la toalla contra su pecho. Llevaba el cabello envuelto en otra toalla y tenía los hombros mojados. Sus piernas eran largas y esbeltas. Cade la deseaba. Quería poseerla allí mismo. De manera salvaje y sin que le importaran las consecuencias.

Pero no iba a hacer nada al respecto. Para empezar, ella era la nieta de Del y no estaba a su alcance. Además, Cade estaba convencido de que no era tan inocente como parecía. Había demasiado dinero en juego.

–Has llegado pronto –dijo ella, con voz temblorosa.

–Llamé a la puerta. No estaba cerrada.

–No suelo cerrarla. Aunque lo haré cuando tú estés por aquí.

–Tess…

–¡No te acerques! –exclamó con cara de pavor.

–Algún día, pronto, vas a decirme por qué te asusto tanto –dijo él–. He hecho una reserva para las siete, y aunque estés preciosa, ir con toalla no es lo apropiado.

Tess seguía teniendo el corazón acelerado. Por supuesto, él la había asustado. Pero era más que eso. Cade estaba demasiado atractivo con su traje gris, su camisa azul y su corbata de seda. Y sexy. Una palabra que ella siempre trataba de evitar.

Además, estaba casi desnuda.

«Poder», pensó ella, «eso es lo que él transmite. Poder. Dinero. Atractivo sexual». Todo ello aumentaba su peligrosidad.

Ella no mantenía relaciones sexuales.

Y sin pensárselo, le comentó:

–Si Del Lorimer es mi abuelo, tú eres mi tío.

–Soy el hijo adoptivo de Del –contestó Cade–. No tengo ningún lazo de sangre con tu abuelo. Ni contigo –«menos mal», pensó mientras aumentaba el deseo que sentía por ella.

«Es adoptado. No tenemos lazos de sangre», pensó Tess. Pero tampoco formaría parte de su vida. Simplemente era un extraño, y seguiría siéndolo.

Por desgracia, su pensamiento no se detuvo ahí. Puesto que había nacido en un ambiente en el que no podía fiarse de nada, siempre había tratado de ser sincera consigo misma. Y en esos momentos se sentía aliviada por el hecho de que Cade Lorimer y ella no tuvieran lazos de sangre. Pero daba igual quién fuera Cade. Ella no mantenía relaciones sexuales.

Agradecida por que él no pudiera leerle la mente, dijo con voz cortante:

–Así que eres adoptado. Y si yo soy la nieta recién descubierta, ¿no tienes miedo de que te sustituya?

–No –dijo Cade con frialdad.

Entonces, ella lo miró a los ojos.

–Tengo la ropa en la silla –le dijo–. Date la vuelta.

Cade apartó la vista de sus hombros desnudos y obedeció.

–¿Te gusta esta música?

–Meatloaf, Verdi, Diana Krall –dijo ella–, pon lo que quieras. Y no voy a ir a cenar en toalla, voy a ponerme un vestido. El único que tengo, así que si no te gusta, mala suerte.

–Estarías preciosa aunque llevaras una tela de arpillera.

–Cade Lorimer el halagador –contestó ella. Agarró su ropa y la colocó delante de su cuerpo como si fuera un escudo.

Enojado, Cade se volvió para mirarla.

–Lo digo en serio. Mírate en el espejo, por el amor de Dios… Eres una mujer preciosa.

Ella se quedó boquiabierta.

–Estoy esquelética y mi cabello está hecho un desastre.

Él sonrió y dijo:

–Esbelta, no esquelética. Aunque tienes razón en lo del pelo. Un buen corte hace maravillas.

–¿Cuál es tu jugada? Si lo del dinero no funciona, ¿intentarás el sexo?

–Eres una gata salvaje. Bufas cuando alguien se acerca demasiado a ti.

–¡Pues tú eres una pantera! Ágil y peligroso.

No era su intención decirle eso. Sólo pensarlo.

–¿Ahora quién se dedica a adular? –dijo Cade–. Vístete y sécate el pelo, o llegaremos tarde para cenar.

Curiosamente, a pesar de la confusión que sentía, Tess estaba hambrienta. Con el ceño fruncido, se dirigió a su habitación envuelta en la toalla y cerró la puerta de un portazo. Por primera vez en su vida deseó tener un vestido de verdad. Una prenda sacada del *Vogue*, sencilla pero sofisticada y elegante.

Se secó el cabello con el secador. No tenía tiempo de cortárselo, pero se pondría un poco de maquillaje. «Para sentirme más valiente», pensó mientras se cepillaba el pelo.

Al fin y al cabo, había decidido ir a la cena por el

simple hecho de que salir huyendo era la manera de actuar de una cobarde.

Y en los últimos años había huido demasiado.

Cuando Tess regresó al salón, Cade había puesto a Mozart en el equipo de música. Despacio, él la miró de arriba abajo, fijándose en que tenía los puños cerrados y estaba apretando los dientes. Llevaba un vestido negro de tubo, medias negras y zapatos de tacón. El cabello, recogido en un moño y unos pendientes de cuentas negras. Los labios pintados con carmín.

Cade tragó saliva para que no se le secara la boca.

—Estás tan guapa que me cortas la respiración.

Ella sintió que le daba un vuelco el corazón.

—Me hice el vestido con un retal que estaba de saldo. Los zapatos son de una tienda de segunda mano, y espero que la dueña original no esté cenando en el hotel.

—Estoy seguro de que a ella nunca le quedaron tan bien.

—Eres demasiado amable.

En cierto modo, a Tess le gustaban sus bromas. Sacó un jersey blanco del armario, se lo echó por encima de los hombros y salió por la puerta.

El coche de Cade olía a cuero. Él condujo con suavidad y diez minutos más tarde estaban sentados en el comedor del hotel junto a una ventana con vistas al océano y a la chimenea encendida. Tratando de mantener la compostura ante la llamativa cubertería de plata, Tess respiró hondo y dijo:

—Tu empresa, Lorimer Inc, es la propietaria de este hotel. Y de muchos otros alrededor del mundo, todos forman parte de DelMer, la cadena de hoteles de lujo.

—Del tiene tanto ego que le gustó la idea de combinar sus dos nombres. Veo que has investigado acerca de él.

–De él y de su hijo adoptivo. Sería una idiota si no quisiera conocerlo ¿verdad? Un hombre rico… El sueño de cualquier mujer.

–No más zapatos de segunda mano –dijo Cade.

–No más medias de la tienda de todo a un dólar –el camarero puso la carta delante de ella en una carpeta de cuero con letras doradas. Tess la abrió por la primera página sin dejarse intimidar–. Cuando haya entablado amistad con Del, podré comprar la tienda de todo a un dólar. O un montón de ellas.

–Podría ser –dijo Cade–. ¿Te gusta el Martini?

Ella nunca había probado uno.

–Por supuesto.

–¿Sólo o con hielo?

–Con hielo. También podría comprar un coche como el tuyo.

–Varios, diría yo.

Ella entornó los ojos. Estaba haciendo lo posible por comportarse como una auténtica cazafortunas y Cade ni siquiera reaccionaba. Si acaso, se reía de ella. Mordiéndose el labio inferior, añadió:

–Heredaré un montón de dinero cuando fallezca mi abuelo. Suficiente como para comprarme unos pendientes de diamantes y hacer un crucero por el mundo.

–Lorimer Inc. es propietaria de una empresa de cruceros, así que podrás elegir lo que te guste. Camarotes y todas esas cosas. Estoy seguro de que, para entonces, habrás encontrado algún diamante que te guste.

A ella nunca le habían gustado los diamantes. Eran demasiado fríos.

–Esmeraldas que hagan juego con mis ojos –dijo ensimismada.

–Buena elección… ¿Has decidido qué te apetece tomar?

El menú estaba en italiano y en inglés. A los doce años, ella había pasado un año en Roma con Cory y Opal, su madre. Tess dijo en un italiano impecable:

–Quiero *fegato grasso al mango* –pasó la página–. Y como plato principal *stufato di pesce*.

Eran los platos más caros de la carta. A modo de indirecta preguntó:

–¿Cómo está tu padre de salud? Mencionaste que sufrió un ataque al corazón.

–Oh, sospecho que todavía le quedan muchos años de vida. Puede que tengas que esperar para la herencia.

–O la herencia es como su apoyo… ¿Inexistente? –contestó ella–. Si como dices, estoy emparentada con él, siempre podría ir a la prensa. *Nieta ilegítima estafada en sus derechos*. Ya puedo imaginar los titulares, ¿tú no?

Tras una pequeña reverencia, el camarero dejó los Martinis sobre la mesa y tomó nota de la comida. Tess detestaba las aceitunas. Agarró la copa helada y bebió un trago. Hizo una mueca.

–¡Es como el anticongelante!

–¿Tu primer Martini? –preguntó Cade en tono inocente.

–No los sirven en el establecimiento de pollo para llevar –dijo ella–. Ya comprendo por qué… ¿Quién iba a querer tomar aceitunas maceradas en alcohol?

Cade llamó al camarero, pidió un brandy Alexander y dijo con suavidad:

–Del también odia el Martini. Y adora el mar.

–¿De veras? Qué bien. ¿Sabes?, si supuestamente ha estado manteniéndome desde que nací, me debe muchísimos atrasos –sonrió a Cade y batió las pestañas–. Será mejor que me contrate un buen abogado.

–Tendrá que ser muy bueno para enfrentarse a Lorimer Inc.

–Y tú… –dijo ella, y le acarició los dedos despacio, hasta que él se puso tenso–. Haces que la fortuna de Del parezca calderilla.

Era la primera vez que ella lo tocaba de manera voluntaria y él detestaba el motivo por el que lo había hecho. Conteniendo su enojo, Cade la observó mientras fruncía los labios y decía:

–Sería idiota si le diera la espalda a Del, o a ti, Cade. Pero sobre todo a ti.

Cade contestó muy serio.

–¿Quieres que te cuente lo que he hecho hoy? He paseado por el pueblo hablándole a la gente de ti. Gente que te conoce desde hace casi once meses. Estoy seguro de que estarás de acuerdo conmigo en que los isleños son habitantes oriundos de Nueva Inglaterra a quienes no les gustan los halagos. Ellos te han descrito como una persona de fiar, sincera, trabajadora y frugal. Una mujer a la que le gusta pasear por la playa a solas. Que casi nunca sale de la isla. Que no tiene amigos. Que no es juerguista. Y que no sale con hombres.

Tess se agarró al borde de la mesa.

–¿Has pasado el día cotilleando sobre mí? ¡Cómo te atreves! ¿Y por qué han hablado contigo? Los isleños son serios, pero también discretos a más no poder.

–Hace varios años ofrecí el mejor precio para comprar el noventa por ciento de la isla. La convertí en una reserva natural para protegerla del desarrollo urbanístico, construyendo este sitio como única excepción –Cade movió la copa de Martini para indicar a su alre-

dedor–. Así que soy como un calcetín viejo… Los isleños me adoran. Y será mejor que dejes de actuar como
una cazafortunas, es una pérdida de tiempo. No puedes
engañar a un isleño, y si ellos dicen que eres sincera,
yo me lo creo.

«Por ahora», añadió en silencio.

En ese momento, el camarero dejó frente a ella una
bebida cremosa espolvoreada con nuez moscada. Ella
la miró y trató de recuperar la compostura. Acababa de
quedar como una idiota. «Buen trabajo, Tess. ¿Qué es
lo que viene ahora?», pensó.

–Prueba la copa –dijo Cade con una de sus mejores
sonrisas. Alguna mujer le había dicho que era letal,
otra que era pura dinamita. Era un arma que no dudaba
en emplear siempre que la necesitaba.

Pero en lugar de sonrojarse o de sonreír, Tess dijo
furiosa:

–Nunca he puesto los ojos en un solo céntimo del
dinero de tu padre.

Él dejó de sonreír.

–Ése era el siguiente punto en mi agenda –esperó a
que les sirvieran el aperitivo–. Hoy he hablado con
Del. Es un hombre mayor, cabezota y cascarrabias, a
quien le gusta tener el control y que dice que ha perdido el informe del detective…

–¿Tú no lo has visto?

–No. Pero conseguí que Del me contara que el detective averiguó que desde que tu padre falleció, hace
seis años, tu madre ha sacado tu pensión de la cuenta.
Opal Ritchie. Sólo puedo suponer que Cory estuvo sa-
cando el dinero antes de morir.

Tess cerró los ojos un instante. Opal y Cory. Sus padres. Cory, con sus impredecibles ataques de furia pro-
ducidos por la droga. Opal, una mujer salvaje y poco

de fiar. Las habitaciones. «Aquellas horribles habitaciones», pensó ella.

–¿Qué ocurre? –preguntó Cade.

Cuando ella abrió los ojos, estaba de nuevo en el elegante comedor.

–Estoy bien –dijo sin más, e hizo un gran esfuerzo por recuperar la compostura. El brandy le acarició la garganta. La cubertería de plata le resultaba un poco menos intimidante. Con cuidado, eligió el mismo tenedor que Cade estaba empleando y probó un poco de mango–. En la cabaña me llamaste mentirosa.

–No debí dudar de ti –dijo Cade. Al menos, no debía haberlo hecho respecto a la pensión que Del le pasaba todos los meses. Pero todavía tenía muchas preguntas sobre la deseable y enigmática Tess Ritchie.

–Todavía deseas que estuviera a mil millas de distancia de Del, ¿verdad? Puesto que tú y yo estamos en la misma onda. La distancia son cuarenta millas, y no mil… Pero cuarenta son muchas. Porque no me importa el dinero de Lorimer. Ni el suyo ni el tuyo. Me gusta la vida que llevo en la isla, es lo único que quiero y no voy a marcharme de aquí. Puedes decirle a mi abuelo que le agradezco que hiciera lo posible por mantenerme, y que no fue culpa suya que yo nunca viera el dinero. Pero ahora es demasiado tarde. Ya no necesito su apoyo.

Sus ojos verdes brillaban con sinceridad. Desconcertado, Cade sintió la necesidad de tomar en serio sus palabras, de confiar en ella.

Él jamás había confiado en una mujer aparte de Selena, su madre. Tess no era Selena. Tess era misteriosa, fogosa e impredecible.

¿Confiar en ella? Sería idiota si se dejara traicionar por un par de ojos verdes.

–Del me dijo que el detective no había averiguado nada sobre el año en el que cumpliste dieciséis años. El año en que tu padre falleció. ¿Qué ocurrió ese año?

Ella sintió un escalofrío y notó un zumbido en los oídos. «No puedo desmayarme otra vez», pensó ella. «Dos veces en un día, no». Tomó un bocado y se concentró en masticar. Era como si estuviera comiendo cartón.

Hizo un esfuerzo para tragar y trató de cambiar de tema:

–¿Y mi abuelo dónde pasa los inviernos?

Cade se apoyó en el respaldo de la silla y la miró un instante. Tess era una mujer más que misteriosa. Reservada y poco comunicativa. Una mujer que siempre estaba atemorizada. ¿Qué habría hecho a los dieciséis años? ¿O qué le habría pasado para que al mencionárselo se hubiera puesto a temblar?

–¿Tienes algún problema con la ley?

–No –dijo ella, pero su tono no mostraba convicción.

«Bueno, tendré que investigar un poco por mi cuenta. A Del le gusta pensar que es él quien lleva las riendas, pero yo soy el que tiene el control».

Cade sabía que si no llevaba a Tess Ritchie a Moorings, Del le pediría a su chófer que lo llevara a la isla para buscarla por sí mismo.

–Hablas muy bien italiano –dijo él, con naturalidad.

–A los doce años viví un año en Roma –dijo ella–. También hablo alemán, holandés, francés y una pizca de español.

–¿Y cuál es tu pintor favorito?

–Van Gogh. No sé cómo alguien puede vivir en Amsterdam y no adorar su trabajo. Rembrandt y Vermeer también me gustan mucho.

–Tu gusto por la música es ecléctico y te gustan las novelas de espionaje.

–Deberías ser detective –dijo ella–. También me gusta el arte medieval, el jabón de lavanda y la pizza con anchoas.

–¿Y a qué universidad fuiste?

Ella pestañeó.

–Hay otras maneras de educarse.

–¿Tu madre dónde vive ahora?

Ella dejó el tenedor sobre el plato.

–No tengo ni idea.

Le sirvieron el plato principal. Tess agarró el otro juego de cubiertos y comenzó a comer. Deseaba estar en su cabaña, junto a la estufa y con una taza de chocolate caliente.

Y que el tiempo retrocediera, que nunca hubiera conocido a Cade Lorimer, que nunca hubiera oído hablar del abuelo que vivía a tan sólo cuarenta millas de allí.

Cade dijo:

–Te he disgustado.

–Se te da bien hacerlo.

–Ya me he dado cuenta. Me quedaré en el hotel esta noche y me pondré en contacto con Del para que vayamos a verlo mañana. La biblioteca está cerrada el domingo y el lunes. Lo he averiguado.

–Estoy segura de ello. Yo no iré.

«No tiene sentido discutir», pensó Cade. «Pero al menos ha recuperado el color de las mejillas».

¿Qué había hecho a los dieciséis años? Puesto que era una pregunta que no podía contestar, comenzó a hablar sobre las obras de Vermeer que había visto en el Metropolitan Museum y de la situación política en Manhattan, descubriendo que ella estaba bien informada. Se fijó en su cabello iluminado por el brillo de la chimenea, y en las sombras que reflejaba sobre su delicado cuello.

El deseo que sentía por ella no había disminuido y, si acaso, se había intensificado. Afortunadamente, él tenía mucha fuerza de voluntad, porque seducir a Tess Ritchie no era una buena idea.

Estaban tomándose el café cuando sonó su teléfono móvil.

—Discúlpame un minuto —dijo él, y sacó el teléfono del bolsillo—. Lorimer al habla —contestó.

Tess enderezó los hombros tratando de liberar tensión. Media hora después estaría en su casa, con la puerta cerrada y con el ritmo de vida habitual.

Eso era lo que necesitaba. Paz, orden y control.

Entonces, de pronto, se concentró en la conversación que mantenía Cade.

—¿Que está cómo? —decía él—. ¿Muy mal? Así que está en el hospital. De acuerdo, llegaré en cinco minutos. Lo veré mañana, doctor. Gracias.

Cade colgó el teléfono y lo guardó en el bolsillo. Estaba pálido y apretaba los dientes.

—Del ha sufrido otro ataque al corazón. Uno leve, según dice su médico de cabecera —llamó al camarero—. Nos marcharemos en cuanto pague la cuenta.

«Parece que Cade quiere a su padre adoptivo», pensó Tess, y sintió un nudo en la garganta. Cory no la había querido nunca.

Ella nunca lloraba. No podía permitírselo. Entonces, ¿por qué tenía ganas de llorar? Se esforzó por contener las lágrimas y observó a Cade mientras pagaba con la tarjeta de crédito.

¿Y si Del Lorimer sufría otro ataque durante la noche y moría? Ella nunca lo conocería. Nunca descubriría si realmente era su abuelo o si todo era una historia inventada por un detective. Pero si, por casualidad, Del era su abuelo, ¿no debería ir a descubrir si se parecía a Cory o si era una persona totalmente diferente?

«Nos marcharemos…», recordó las palabras de Cade y cómo se había molestado al ver que él daba por hecho que ella lo acompañaría.

Era su decisión. De nadie más.

Ir o quedarse.

Capítulo 3

TRATANDO de decidir qué debía hacer, Tess miró a Cade en silencio. Él estaba repasando la cuenta, y era evidente que pensaba en otra cosa. ¿Y si se salía de la carretera por ir pensando en Del en lugar de concentrarse en la conducción?

De alguna manera tomó la decisión sin darse cuenta.

–Si voy contigo, necesitaré algo de ropa.

–No tenemos tiempo –dijo Cade–. Mañana recogeremos lo que necesites. Vamos.

Ella lo siguió hasta el coche y sintió que se le encogía el corazón al ver que Cade necesitaba dos intentos para meter la llave en el contacto.

–¿Estás bien como para conducir? –le preguntó.

–No te preocupes, no voy a matarte.

«Eres tú quien me preocupa, no yo», pensó mientras se abrochaba el cinturón de seguridad. ¿Cuánto tiempo había pasado desde que se había preocupado por alguien?

Desde aquella noche de verano cuando ella tenía cinco años y sus padres se la habían llevado de Madrid en un tren nocturno. Atrás dejaron a Isabel, la niñera que Tess adoraba, y de la que ni siquiera había tenido oportunidad de despedirse.

Aquello había provocado que Tess no volviera a permitir que nadie se acercara demasiado a ella.

Y la última persona a quien ella debía permitir que

rompiera esa norma era Cade Lorimer. Sin embargo, Tess no podía dejar de mirarle las manos con las que sujetaba el volante de cuero. Eran unas manos fuertes, cubiertas de una fina capa de vello oscuro, cuyos largos dedos le producían una extraña sensación de dolor en el fondo del corazón.

Tess volvió la cabeza y empezó a mirar por la ventanilla. El viaje en ferry duró poco. Cade no mostraba interés por hablar y el silencio era inquietante. Fue un alivio cuando él entró en el aparcamiento del hospital y ella pudo salir del coche y estirar las piernas.

–El hospital es estupendo –dijo él sin emoción en la voz–. Del lo dotó de fondos después de que mi madre muriera hace dos años.

–Oh… Lo siento mucho.

–Del se siente perdido sin ella –dijo Cade, y abrió la puerta del edificio.

«Y tú… ¿Querías tanto a tu madre como quieres a Del?», se preguntó ella.

Entonces, para su sorpresa, Cade la agarró de la mano. Una oleada de calor recorrió su cuerpo y sintió un cosquilleo en el vientre. «Deseo», pensó asombrada. «No lo he sentido en mi vida, pero lo reconozco como si siempre lo hubiera sentido. ¿Cómo puede ser?».

Sin embargo, no pudo retirar la mano. ¿Porque Cade la necesitaba, o porque era una completa idiota?

El deseo no estaba en su listado de opciones, ni tampoco el sexo.

Llegaron al ascensor y, mientras subían hasta la segunda planta, Tess hizo todo lo posible para disimular. No quería que Cade adivinara sus sentimientos, puesto que entonces quedaría completamente expuesta ante él.

Al salir del ascensor, la enfermera de guardia sonrió a Cade.

–Habitación 204 –le dijo–. Está descansando.

–Gracias –contestó Cade. En la puerta de la habitación dudó un instante antes de entrar, para prepararse para lo que podría encontrar.

Tess trató de soltarle la mano, pero él se la agarró con fuerza y ella no tuvo más elección que entrar con él en la habitación. De pie, a su lado, Tess miró al hombre que yacía en la cama.

Del Lorimer estaba dormido y su pelo cano se repartía por la almohada. Inmediatamente, ella se fijó en su nariz, en su mentón prominente y en las arrugas faciales de un hombre que había vivido la vida de manera intensa.

No lo reconoció. Y ni siquiera encontró algo que le recordara a Cory.

Rápidamente, Tess miró a Cade, y se sorprendió al ver a un hombre cerrado ante cualquier sentimiento. La expresión de su rostro era tensa, tenía los dientes apretados y su mirada era inexpresiva.

Tess se alejó de él de manera inconsciente. Se había equivocado. Cade no quería a su padre adoptivo. Con mirarlo, se notaba que ni siquiera conocía el significado de la palabra «querer».

En cierto modo se alegraba por haberse dado cuenta tan pronto. Así le resultaría más sencillo olvidarse de un intruso despiadado que había aparecido en su vida provocándole deseo.

Deseo. Otra vez esa palabra.

¿Podía desear a alguien incapaz de querer al padre que le había dado amor y seguridad durante la infancia? Tenía que estar loca si así era.

En esos momentos se asomó por la puerta un médico con bata blanca. Cade se acercó a él y mantuvieron una conversación en voz baja. Después, entró de nuevo en la habitación.

–Será mejor que nos vayamos –dijo con voz neutra–. Del dormirá toda la noche, así que no tiene sentido que nos quedemos.

Durante un instante, Tess miró al hombre que yacía en la cama. Un hombre que, aparte de la normal preocupación que le generaba un ser humano, no significaba nada para ella. Después, salió de la habitación delante de Cade y caminó deprisa por el silencioso pasillo.

Dieciséis minutos después de salir del hospital, Cade disminuyó la velocidad y se metió en un camino rodeado de pinos y rododendros. La mansión de Del lucía columnas grandiosas, grandes ventanales y enormes chimeneas. Todo ello rodeado de un jardín impecable.

A Tess le horrorizó nada más verlo.

Por primera vez rompió el silencio desde que salieron del hospital.

–Mañana me llevarás a casa –le dijo.

Cade se frotó la nuca, tratando de liberar algo de tensión.

–Puedes dormir en el ala oeste –dijo él–. Escucharás el ruido del mar desde la ventana.

–Mañana –repitió ella, inflexible.

Él se movió en el asiento y la miró a los ojos. Contra su voluntad, la imagen de Del apareció en su cabeza. Un hombre mayor tumbado en la cama de un hospital.

–Dame un respiro, Tess –dijo él–. ¿No te parece que hemos discutido bastante por hoy?

–Entonces, quizá deberías tratar de escucharme.

«Sin duda, ha aprendido a luchar por sí misma», pensó Cade mientras se fijaba en su tez pálida y deseable. De pronto, deseó apoyar la cabeza sobre su hombro, cerrar los ojos y sentir el calor de su piel.

Nunca se había sentido tan atraído por una mujer. Y no era su manera de actuar, ya que nunca había necesitado implicarse demasiado. Desde luego, no iba a romper la costumbre con Tess Ritchie.

Y en cualquier caso, a juzgar por la expresión de su mirada, ella preferiría darle una paliza que estrecharlo contra su cuerpo.

–Entremos –dijo él, y se bajó del coche.

Cuando abrió la enorme puerta de madera de roble, aparecieron cuatro perros enormes ladrando. Tess, asustada, agarró a Cade y se colocó detrás de él. «El callejón, el gruñido del perro, el ruido de un disparo…».

–¡Quietos! –dijo Cade, y los cuatro animales se detuvieron de golpe–. ¿Te dan miedo los perros, Tess?

–Sí… Me dan mucho miedo –dijo ella y, sonrojándose, le soltó la chaqueta.

–Creían que yo era Del.

–Me da igual lo que creyeran, sólo mantenlos alejados de mí.

–¿Te mordió uno cuando eras pequeña? –preguntó él, haciendo una seña a los perros para que se quedaran allí mientras guiaba a Tess escaleras arriba.

–Sí. Así fue.

Cade supo que estaba mintiendo otra vez. Sin embargo, decidió no decirle nada para no discutir. Abrió la cuarta puerta del pasillo y dijo en tono irónico:

–La habitación rosa. Mi madre era muy conservadora.

Una cama dorada, una alfombra de color rosa, y un ramo de rosas de verdad sobre la chimenea.

–Aquí cabría toda mi casa –dijo Tess.

Cade abrió un cajón de la cómoda y sacó un camisón.

–En el baño hay toallas y un cepillo de dientes –le dijo con brusquedad–. Por la mañana, baja a desayunar cuando estés lista.

El camisón era de seda verde y probablemente habría costado más que toda la ropa de su armario. Cuando Tess lo recogió de sus manos, saltó una chispa entre ellos. Ella soltó una risita nerviosa y dio un paso atrás, tirando el camisón sobre la cama. Cade la agarró de los hombros.

–Muy apropiado –le dijo.

Sus dedos le quemaban a través del vestido y ella trató de soltarse.

–¡No!

–Eres preciosa… No puedo apartar mis manos de ti.

Tess sentía algo extraño en el vientre, una especie de cosquilleo que nunca había notado de forma tan intensa. También sentía que le temblaban las piernas y que el corazón le latía deprisa. Con todas sus fuerzas, empujó contra el torso de Cade para separarse de él.

–Si me has traído aquí para seducirme, te has equivocado de mujer. ¡Suéltame, Cade! Por favor…

No era una mujer que suplicara con facilidad. Ni tampoco estaba haciéndose la dura. Simplemente odiaba que la tocara. ¿Él? ¿O cualquiera?

Cade la soltó, se frotó las manos en los pantalones y dijo:

–Tú también te sientes atraída por mí, pero por algún motivo no lo admites.

–¡No siento nada! ¿O es que tu ego te impide la posibilidad del rechazo?

–Lo sientes, Tess, puedo notarlo –añadió–. Hablaremos de ello por la mañana. Buenas noches.

Al salir cerró la puerta con suavidad. Tess se dejó caer sobre la cama. En su vida había conocido a nadie como Cade Lorimer.

Momentos antes se había sentido abrumada por el deseo. El deseo era un fenómeno sobre el que había leído, pero nunca imaginó que algún día pudiera atacarla como si fuera un gran enemigo.

Cuando Tess se despertó, a la mañana siguiente, apenas podía oír el mar debido a la fuerza con la que la lluvia golpeaba en las ventanas.

Se sentó en la cama y se sorprendió al ver que alguien había metido un sobre por debajo de la puerta.

Lo abrió con cuidado y leyó lo que ponía en la hoja doblada que había en el interior.

Estaré todo el día en el hospital. El ama de llaves buscará algo de ropa para ti y los perros estarán metidos en las casetas. Cade.

Su caligrafía era angular, decidida y muy masculina. Tess abrió la puerta, miró el pasillo vacío y recogió la ropa que habían dejado en el suelo. Unas mallas, una camiseta y un par de sandalias que parecían nuevas.

Se vistió y bajó a desayunar. El resto del día lo pasó en la biblioteca, leyendo y escuchando el sonido de la lluvia y de los troncos quemándose en la chimenea. Sin embargo, y para su sorpresa, la tarde la pasó esperando oír el ruido del coche de Cade.

Quería que la llevara a casa. Ése era el único motivo por el que le interesaba que regresara.

Se puso en pie y paseó de un lado a otro, deseando que dejara de llover para poder salir de la casa. Entonces, se fijó en una colección de diplomas que estaban colgados sobre la chimenea. Eran títulos de la Universidad de Harvard y de la London School of Economics.

Todos eran diplomas de Cade.

Tess nunca se había sentido tan humillada. Ella ni siquiera había terminado los estudios del instituto.

Y peor aún, era hija de un sinvergüenza de poca monta y de su amante sin escrúpulos.

Cade Lorimer no pertenecía a su clase social. Y ella estaba segura de una cosa, nunca sería su amante. Y, desde luego, no quería serlo.

Tess removió las brasas, echó otro tronco en la chimenea y continuó leyendo.

La cena supuso un agradable descanso, aunque apenas tenía apetito. Pero al ver que Cade no había regresado a casa a las nueve de la noche, Tess bajó a la cocina. «Otra noche más atrapada en esta casa horrible», pensó mientras se preparaba una taza de chocolate con *marshmallows*.

Detrás de ella, se abrió una puerta. Cade dijo:

—Tienes *marshmallow* en la barbilla.

Ella lo miró.

—Yo también me alegro de verte.

—Necesito tomar algo más fuerte que un chocolate caliente.

—¿Cómo está Del? —preguntó ella, y se sorprendió al ver que de verdad estaba interesada.

—Tan gruñón como un oso encerrado. Mañana por la tarde volverá a casa. ¿De quién es la ropa que llevas puesta?

—De la nieta del mayordomo —dijo ella.

Las mallas eran demasiado cortas y la camiseta demasiado pequeña. Tratando de posar la vista más arriba de los pechos de Tess, Cade abrió la puerta de la nevera y sacó una cerveza. Tras dar un largo trago, dijo:

—La comida del hospital es la peor del mundo y el agua del grifo sabe a cloro.

Se había sentado en un taburete junto a la encimera y estaba desabrochándose el cuello de la camisa. «Parece cansado», pensó ella observando el movimiento de los músculos de su cuello al tragar.

Él se arremangó la camisa y ella se fijó en la musculatura de sus brazos. «Se mueve con erotismo», pensó Tess, y dio un trago para disimular. ¿Qué le pasaba? Jamás se había fijado en la forma de moverse de un hombre.

Al ver que el silencio se hacía demasiado largo, preguntó:

—¿Sigue lloviendo?

—Se supone que va a parar mañana por la mañana —Cade bebió otro trago de cerveza—. ¿Qué has hecho todo el día?

—Leer en la biblioteca.

—Justo lo que te gusta —dijo él con una sonrisa.

Una sonrisa. Nada más. No era motivo suficiente para que ella sintiera que él le había dado el sol, la luna y las estrellas. Aquel hombre tenía mucho encanto, pero ella siempre había pensado que eso no era suficiente. Se terminó el chocolate caliente y dijo:

—Si no puedes llevarme a casa mañana por la mañana, estoy segura de que hay un chófer escondido en algún lugar de esta casa. Le pediré que me lleve él… Buenas noches.

—¡Espera un momento!

Furiosa, miró hacia abajo. Los dedos de Cade le agarraban la muñeca.

–Suéltame –le espetó ella–. No estoy de humor para machadas.

–Del no llegará a casa hasta por la tarde. Quiere conocerte, así que no puedes irte antes. Y cuando lo conozcas, no digas, ni hagas, nada que pueda disgustarlo. Tiene que estar en reposo y no debe preocuparse por nada.

–¿Le has dicho que estoy aquí? ¿Que voy a reunirme con él? –preguntó ella, alzando el tono de voz.

–Por supuesto que sí. ¿Para qué te has quedado si no?

–¿Cómo iba a marcharme? No tengo coche, no hay autobús a Malagash Island y no me gusta hacer autoestop bajo la lluvia.

Cade se puso en pie sin soltarle la muñeca.

–Lo conocerás, Tess. No hace falta que le des un abrazo pero, por favor, sé educada.

–¿Es esto todo lo que tienes que decirme? –soltó ella.

Al ver el brillo de sus ojos verdes, y sin pararse a pensarlo, Cade la besó en los labios. Con fuerza, y con todo el deseo acumulado de los últimos dos días. Después, dio un paso atrás con el corazón acelerado.

–Llevo deseando hacerlo desde que te vi corriendo en la playa –le dijo–. Estarás en casa cuando llegue Del, y tendrás cuidado con lo que dices. Si eres tan buena persona como dicen los isleños, no querrás tener el peso de la muerte de un anciano sobre tu conciencia.

–Fuiste tú quien me trajo aquí… ¿Qué hay de tu conciencia? –preguntó furiosa.

–Mi conciencia es asunto mío. Simplemente, mañana pórtate bien.

–No me digas cómo tengo que portarme. Tengo veintidós años, no diez –contestó Tess, deseando tirarle la taza vacía a la cara. Tras dejarla con fuerza sobre la encimera, se volvió para marcharse de la habitación.

Cade la agarró por el hombro.

–No sólo te pido que te comportes, sino que espero que obedezcas. ¿Te ha quedado claro?

–¡No soy una empleada que puedes echar cuando te dé la gana!

–No –dijo él con voz gélida–, eres la nieta de Del –la soltó y dio un paso atrás.

¿De veras era pariente del hombre que había visto en el hospital o aquello no era más que una pesadilla? Incapaz de encontrar algo que decir, Tess salió de la habitación tratando de no perder la dignidad. Mientras subía por las escaleras se percató de que estaba frotándose el rostro, tratando de borrar de sus labios un beso que había sido demoledor.

No le extrañaba que se hubiera quedado sin palabras. Ni que hubiera salido huyendo.

Una vez más, cerró con llave la puerta de su dormitorio.

Capítulo 4

CUANDO por fin dejó de llover al día siguiente, una hora después de la comida, Tess estaba de pésimo humor. Si no hacía algo de ejercicio, iba a volverse loca.

Siempre había odiado sentirse encerrada.

Aunque Moorings debía de valer una fortuna, ella no lo cambiaría por su cabaña ni por todo el oro del mundo. ¿Pero Cade la creería si se lo decía? Lo dudaba.

Salió por la puerta delantera. El aroma a pino mojado y a sal inundaba el ambiente. Tess respiró hondo y tomó un sendero que esperaba la llevara hasta el mar.

El camino terminaba en una cala rodeada de rocas donde el agua se mezclaba con la arena blanca de la playa. Tess se quitó las sandalias y metió un pie en el agua. Estaba fría, pero no demasiado. Miró a su alrededor. No se veía a nadie, y Cade no regresaría hasta tarde.

Sin pensárselo dos veces, Tess se quitó la ropa y se bañó en ropa interior.

Había aprendido a nadar en una piscina el año que pasó en Boston como asistenta de hogar. Sus brazadas eran fuertes, aunque no nadara con mucho estilo. El ejercicio la ayudó a relajarse, borrando el estrés físico y emocional de las últimas cuarenta y ocho horas.

«El paraíso», pensó, tumbándose en el agua bocarriba para poder contemplar el cielo azul.

Cade instaló a Del en la habitación principal de Moorings, y le prometió que en una hora o así llevaría a Tess para presentársela. Después, salió en su busca.

No la encontró en la biblioteca, ni en el comedor, ni el solárium, ni en su habitación. Su vestido negro seguía colgado en el armario, así que no podía haberse marchado.

«A la playa», pensó él. Allí era donde había ido. A menos que se hubiera marchado de Moorings.

Y si no la encontraba en la playa, ¿dónde la buscaría?

Fue a su habitación, se puso la ropa de correr y se dirigió hacia el sendero. Las hojas mojadas acariciaban sus brazos y hacía bastante calor. Cuando llegó a la playa estaba sudando.

Sobre la arena había un montón de ropa, pero no se veía a nadie en la playa. Cade se detuvo y miró a su alrededor.

¿Dónde diablos se había metido?

Entonces, se fijó en que había una persona junto a las rocas. Tess. Estaba retozando en el agua, buceando y jugueteando. Su alivio se convirtió en rabia.

Gritó su nombre y ella volvió la cabeza. Lo saludó y, desde la distancia, él pudo ver que estaba riéndose.

La rabia se convirtió en furia.

Corrió a lo largo de la orilla y saltó de roca en roca para llegar a su altura.

–Acércate –gritó–, y te sacaré del agua.

–Nadaré hasta la playa y te veré allí –dijo ella.

–Haz lo que te digo. Si no, saltaré y te sacaré yo mismo.

Una ola remojó sus hombros desnudos. Riéndose, Tess exclamó:

–¡Hace un día precioso! ¿Por qué estás tan enfadado?

–Porque podrías haberte ahogado con la resaca… ¿Por qué crees que estoy enfadado?

Tess se quedó boquiabierta. Se había dado cuenta de que mientras que las broncas con Cory siempre hacían que se quedara paralizada, la furia de Cade no la asustaba en absoluto. Al contrario, era un reto estimulante. ¿Y eso qué significaba?

Otra ola golpeó en su barbilla y ella tragó un poco de agua. Tosiendo, se acercó a la roca y esperó a que el mar se calmara un poco para estirar el brazo y agarrar la mano de Cade.

Él la sacó del agua sin apenas esfuerzo. Ella se puso de pie en la roca y se sacudió el agua del cabello.

–Deberías haberte bañado –le dijo–. El agua está estupenda.

Ella no iba vestida más que con un sujetador y unas bragas negras. Su imagen quedó grabada en la cabeza de Cade, sus pechos turgentes, su delicada cintura, y sus caderas sensuales. Como si fuera un depredador ante su presa, Cade la tomó entre sus brazos y la besó en la boca. Tenía los labios fríos, mojados y con sabor a sal. Él se percató de que ella se había puesto tensa y que no respondía ante su beso.

De algún modo consiguió contenerse. Buscando en lugar de exigiendo, dando en lugar de recibiendo. Sintiéndose recompensado cuando ella colocó las manos sobre su pecho y notó que se relajaba. Tratando de mantener el control, le mordisqueó el labio inferior e introdujo la lengua en su boca.

Ella separó los labios y le permitió entrar.

¡Cómo la deseaba!

La atrajo hacia sí y sintió sus pezones erectos contra su pecho. Ella le rodeó el cuello con los brazos y le acarició la nuca. La caricia tentativa de su lengua, lo hizo estremecer. Cade le acarició la espalda y la sujetó por las caderas, atrayéndola contra su cuerpo excitado.

Tess se estremeció y una oleada de temor recorrió su cuerpo, provocando que olvidara las caricias que la habían cautivado. Retiró la boca y no fue capaz de ocultar la mezcla de sentimientos que la invadían por dentro.

–No te asustes –dijo Cade–. Sí, te deseo, es cierto. Pero no te haré daño. Te prometo que no.

Ella estaba temblando. Él la había llevado a un lugar que nunca había visitado antes, y eso la había cambiado.

–Tengo frío. He de regresar a la casa.

–Tess, tú me deseas tanto como yo a ti.

Ella no podía negarlo. Tratando de mantener el control, dijo:

–Si voy a conocer a Del esta tarde, quiero que sea con la condición de que no volverás a tocarme. Ni a besarme. ¿Lo prometes?

–No.

Ella pestañeó.

–La única promesa que estoy dispuesto a hacer es que nunca haré nada en contra de tu voluntad.

–¡Eso es pura manipulación!

–¿Lo es? Piensa en ello.

Ella se mordió el labio inferior.

–Será mejor que regresemos –dijo él–. ¿Nadie te ha dicho nunca que no debes bañarte sola? Esto es el océano, y no una piscina pública.

–¡No soportaba estar encerrada en esa casa ni un minuto más!

–Fuiste una idiota al correr ese riesgo –dijo él, y agachándose, la tomó en brazos.

Tess suspiró asombrada.

–Déjame en el suelo –le dijo.

Pero Cade se dirigía hacia la playa caminando con cuidado sobre las rocas.

–Vas descalza y las rocas pinchan.

Nada de discusiones: eso era lo que quería decir. Sus brazos eran fuertes. Ella podía sentir los latidos de su corazón contra su pecho, y ese contacto tan íntimo provocó que la sangre de sus venas pareciera fuego. ¿Cómo podía sentirse tan amenazada y al mismo tiempo tan segura cuando estaba con él?

Cerró los ojos y se mordió el labio inferior para no preguntárselo. Cuando llegaron a la playa, Cade la dejo sobre la arena, junto a su ropa.

–Póntela… Te buscaré algo de ropa seca cuando lleguemos a la casa.

Tess se puso las mallas y le dijo:

–Se suponía que no ibas a llegar a casa hasta más tarde.

Él esbozó una sonrisa.

–En el hospital estaban deseando librarse de Del. Está en casa descansando. Iremos a visitarlo en cuanto estés arreglada.

–¡No voy a ir a verlo con una camiseta que me queda pequeña!

–Entonces, supongo que tendrás que ponerte el vestido negro –sonrió Cade–. O una camiseta mía, que te quedará demasiado grande.

Ella se puso la camiseta que le habían prestado y se asombró al ver cómo se le marcaban los pezones bajo la tela. Suspirando, se puso las sandalias. Conocer a su supuesto abuelo no supondría un reto tan difícil como mantenerse alejada de Cade Lorimer.

Una hora más tarde, Tess estaba preparada. Le parecía que iba demasiado elegante y decidió que no se pondría pendientes y que se dejaría el cabello suelto. Con el jersey sobre el vestido negro, salió en busca de Cade. Lo encontró esperándola en el solárium. Era la única habitación de aquella casa en la que ella se sentía ligeramente como en su casa, gracias a los grandes helechos y a las plantas semitropicales.

Cade la miró de arriba abajo. «Está nerviosa y trata de ocultarlo», pensó él.

—Acabemos con esto cuanto antes —dijo Cade.

—No tengo miedo de Del Lorimer —repuso ella.

—Bien —dijo Cade, y le ofreció el brazo. Sus dedos estaban tan fríos como cuando la había sacado del mar. Apretando los dientes, y sin saber qué decir, la guió fuera de la habitación.

Una vez arriba, llamó a la puerta de Del.

—Pasa —dijo Del.

Cade colocó la mano en la espalda de Tess y la empujó para que pasara primero.

Del Lorimer estaba sentado en una gran cama de hierro y los rayos del sol le acariciaban el rostro. Tess se detuvo de golpe, asombrada.

Sus ojos eran de color verde intenso, como los de ella.

Él era su abuelo. Tenía que serlo. Y, en aquel instante, se percató de que nunca se había creído la historia de Cade.

Se fijó en que Del parecía igual de asombrado que ella.

–Así que has heredado los ojos de los Lorimer –dijo él–. Cory no los heredó. Igual que pasó con muchas otras cosas –dio unas palmaditas sobre la cama–. Acércate, chica. Deja que te mire.

Como si fuera un robot, se acercó a la cama y observó mientras él la analizaba en profundidad.

–Antes de nada, voy a disculparme –dijo él con brusquedad–. Siento que el dinero que te envié nunca te llegara. Debería haberme imaginado que Cory te lo quitaría. Pero Opal… Supongo que esperaba algo mejor de ella.

Tess pestañeó.

–Disculpa aceptada.

–Estoy en deuda contigo, chica. Yo…

–Me llamo Tess –dijo ella.

–Así que tienes arrojo. Bien. Nunca me han gustado las mujeres felpudo, sobre las que los hombres se limpian los pies –Del se aclaró la garganta–. Como ya te he dicho, estoy en deuda contigo. Vivirás aquí durante los veranos, y en el ático que tengo en Manhattan durante el resto del año. Te pasaré una pensión mensual a partir de mañana. Podrás viajar, ir a la universidad, lo que quieras. Y cuando yo muera, que a este paso puede ser cualquier día, heredarás una gran cantidad de dinero.

Luchando contra una mezcla de indignación y sorpresa, Tess dijo:

–No creo que vaya a morir… No podría tener la última palabra si lo hiciera.

Él soltó una carcajada.

–No podría tenerla con Cade. Eso lo aprendí hace mucho tiempo. Así que será mejor que lo intente contigo.

–¿Y si yo le llevo la contraria igual que Cade?

–¿Con todo ese dinero? No me hagas reír.

–Sin duda soy yo la que debería reírse de camino al banco.

–Te lo debo –repitió él.

–¡No me debe nada!

Desde atrás, Cade le dio una patadita en el tobillo. «Cómportate». Tess dijo con frialdad:

–Pensaré en todo lo que me ha dicho, señor Lorimer… Es una oferta muy generosa. Por cierto, su playa es preciosa.

–No está mal. Puedes regresar a Malagash, dejar tu trabajo, empaquetar tus cosas y trasladarte aquí. Yo suelo irme a la ciudad a mediados de octubre.

Sin duda, Del era un hombre cabezota. Pero se notaba que estaba agotado, aunque él nunca estaría dispuesto a admitirlo. ¿Y ella no había heredado las mismas ganas de vivir, y el mismo orgullo que tenía él? Sin ello, se habría derrumbado años atrás.

De manera impulsiva, se echó hacia delante y lo besó en la mejilla.

–Me alegro de que nos hayamos conocido. Hablaremos más tarde –dijo ella, y sin mirar a Cade, salió de la habitación.

Momentos más tarde, Cade se reunió con ella cerrando la puerta tras de sí.

–Regresemos al solárium –dijo él.

Era un buen sitio. Cuando llegaron allí, Tess se detuvo frente a un gran hibisco lleno de flores y dijo:

–Ahora comprendo por qué reaccionaste así al ver el color de mis ojos.

–No hace falta la prueba del ADN –dijo él.

–No haría falta en ningún caso. Voy a rechazar la oferta de Del –al ver que Cade suspiraba enfadado, ella añadió–: Escúchame, Cade. Y haz todo lo posible para comprender de dónde vengo.

Él se metió las manos en los bolsillos.

—Está bien. Soy todo oídos.

Tess hizo una pausa para organizar sus palabras.

—Primero, no necesito un abuelo que me recuerde continuamente a mi padre. Ya te dije que no me llevaba bien con Cory. Lo cierto es que lo odiaba. Él nunca me quiso y siempre me consideró una molestia.

—Le tenías miedo –dijo Cade de forma intuitiva.

—Puede que sí –repuso ella–, pero eso no es asunto tuyo.

—¿Por qué le tenías miedo?

Ignorando una pregunta que no tenía intención de contestar, Tess continuó hablando.

—Y en cuanto al dinero de Del, me agobiaría. Soy independiente económicamente, no estoy en deuda con nadie, tengo un trabajo que me gusta y un lugar donde vivir. No voy a abandonar todo eso para vivir aquí… Es una casa demasiado formal, y odio tropezarme continuamente con el servicio. Sería como vivir en una jaula tapizada de terciopelo.

—Quieres tener el control de tu propia vida.

—¿Y por qué no iba a quererlo?

—¿Por qué no pruebas el compromiso, en lugar del control? No le estás dando una oportunidad a Del.

—Es mi vida. Puede que él sienta que está en deuda conmigo, pero yo a él no le debo nada. ¿No lo comprendes? Él no es nadie para mí. ¡Nadie!

—¿A quién tratas de convencer? ¿A ti misma?

—¡A ti! Pero no me estás escuchando.

Cade entornó los ojos.

—Mi problema es que os escucho a ambos, a Del y a ti. Deja que te diga una cosa. Tengo una casa a un par de millas de aquí, y puedes quedarte allí los veranos. Como si fuera tu casa. Yo suelo estar fuera. Así estarías cerca de Del pero mantendrías tu independencia.

—¿Qué sentido tiene? Sólo estaría sustituyendo una jaula por otra.

—Mi casa es muy distinta a Moorings. Moderna, llena de luz y abierta al mar. Te gustaría. Sé que te gustaría. Es mi favorita, he de admitirlo.

—¿Tu favorita? ¿Tienes más casas?

—Claro… Una en Manhattan, un castillo en el Loira, y una cabaña en los viñedos del sur de Australia.

La pregunta salió de su boca antes de que pudiera contenerla.

—¿Cuánto dinero tienes, Cade?

Él dijo una cifra y vio que Tess se quedaba boquiabierta.

—Fui un prodigio de la informática —dijo él—. Gané dinero, lo invertí y desde entonces no he parado. Hace siete años compré Lorimer Inc. a Del, cuando él cumplió los sesenta y cinco. Desde entonces, lo he expandido bastante —sonrió con ironía—. Lo que heredes de Del no se acercará al valor neto de mi fortuna, pero también será una cifra importante.

Tess se estremeció.

—Odio cuando hablas así.

—¿De veras? ¿En serio?

Ella se acercó a la ventana sin contestar. Cade la siguió y la miró un instante. Estaba pensando. Y mucho. Por supuesto, era una reacción normal. El dinero haría pensar a un santo, y Tess, puesto que era mujer, no era una santa. Además, era muy pobre.

Tess habló tan bajito que Cade tuvo que hacer un esfuerzo para escucharla.

—¿Por qué me has contado cuánto dinero tienes?

–Me lo has preguntado. ¿Y no es mejor hablar con claridad?

–Tanto dinero… –apoyó la frente contra el ventanal y cerró los ojos.

«Así que ha sucumbido», pensó Cade. ¿Y por qué no? El dinero era un arma extraordinaria. El dinero era equivalente al poder en los círculos en los que él se movía.

Se pasó una mano por el pelo. Por un lado, deseaba que Tess se hubiera mantenido en su sitio. Que fuera diferente al resto de las mujeres que había conocido.

¿Qué tontería era ésa?

Capítulo 5

TESS se puso derecha y se volvió para mirar a Cade. «Termina con esta locura ahora mismo, antes de que sea demasiado tarde».

–Como heredera de Lorimer, hay cosas que has de saber… Tenemos mucho de qué hablar. Empezaremos por recorrer las oficinas de Lorimer Inc. en Manhattan, y después continuaremos con las empresas internacionales. Será mejor que las visitemos una por una. No hay nada como ir en persona y hablar con los empleados para entender cómo funcionan las cosas.

Tess se alejó del alféizar de la ventana y dijo:

–¿Estás loco? No voy a…

–No hay riqueza sin responsabilidad social… Del tiene esos principios y yo estoy completamente de acuerdo –dijo él–. Después de Nueva York iremos al castillo del Loira que te mencioné. Después iremos al hotel DelMer de Venecia, y verás otra parte del negocio. También iremos a la granja de caballos purasangre de Kentucky, a nuestros pozos de petróleo en Venezuela y a los viñedos que hay cerca de Adelaide.

Ella lo miraba boquiabierta, sin poder pronunciar palabra.

«Menos mal que no puede leerme la mente», pensó Cade. La idea de viajar alrededor del mundo con ella, por necesario que fuera, le horrorizaba. ¿Cómo iba a conseguir mantenerse alejado de ella? ¿O dormir bien por las noches si ella estaba en la habitación contigua?

Seducir a Tess Ritchie no formaba parte de su estrategia, además, no sería un gesto digno de una persona responsable ni inteligente.

–Tienes que formarte para tu nueva ocupación. Es importante que ocupes el lugar que te corresponde en el mundo de Del, y que te sientas cómoda en él. Después, podrás implicarte en Lorimer Inc. tanto como desees. Y por cierto, Del le ha dado el visto bueno a ese plan.

–¿Has hablado de esto con él? –dijo Tess.

–Por supuesto. En el hospital, mientras esperábamos que le dieran el alta.

Cade se acercó a ella y le acarició un mechón de pelo.

–Creo que el primer paso, antes de ir a Manhattan, es que te cortes el pelo y te compres algo de ropa –le acarició la mejilla y, al sentir la suavidad de su piel, notó que se le endurecía la entrepierna.

Ella le retiró la mano.

–No voy a ir a Manhattan. Ni a Venecia. No voy a ir a ningún sitio contigo.

–El corte de pelo y la ropa… Eso lo podemos hacer en Camberley.

Camberley era una zona comercial frecuentada por gente rica.

–Si no voy a ir contigo, no necesito ir a Camberley –dijo Tess–. Tengo un trabajo y esperan que esté allí mañana, a las nueve. Si no me llevas a Malagash, llamaré a un taxi e iré por mi cuenta.

–En tu trabajo ya no te esperan. Ayer llamé y te gestioné una excedencia.

–¿Los has llamado? ¿A mis espaldas y sin siquiera comentármelo?

–No tenía sentido decírtelo, habrías puesto el grito en el cielo.

Cade estaba de pie entre Tess y la puerta. Ella colocó una mano sobre su pecho y lo empujó con fuerza, enfadándose al ver que no se movía ni una pizca.

–¿Dónde está el teléfono? –le preguntó–. Será la excedencia más corta que ha existido nunca.

Él colocó las manos sobre sus hombros y apretó con fuerza.

–Deja de comportarte como una niña.

–¿Crees que puedes comprarme? ¿Que porque pongas un millón de dólares delante de mí entraré en el juego? Hay cosas que no pueden comprarse, Cade Lorimer, y mi libertad es una de ellas. ¡Ahora, apártate de mi camino!

–Nunca pensé que fueras una cobarde –dijo él.

–¿Cobarde? –repitió ella con incredulidad–. ¿Porque no me arrodilló ante ti y ante tu preciado dinero?

–Porque estás dándole la espalda a la oportunidad de hacer algo con tu vida –contestó él–. Tienes un trabajo cutre en una isla insignificante y vives en una cabaña de pescadores. ¿Eso es lo que quieres para el resto de tu vida?

–Tengo veintidós años, Cade. No sesenta.

–Estás rechazando la oportunidad de viajar por el mundo. De obtener información sobre una de las empresas internacionales más importantes del mundo. De completar tu formación en el área que más te guste. Sí, eres una cobarde. Una cobarde y una idiota.

–No soy nada de eso –dijo furiosa–. Soy una superviviente que ha vivido en sitios que nunca te habrías imaginado. No te necesito. Tampoco tu dinero ni tus contactos internacionales. ¿Qué sabes acerca del mundo real? ¡Estás completamente al margen de él!

Cade sabía mucho acerca del mundo real, y todo lo había aprendido a la fuerza. Pero no iba a decírselo. Había cosas que había aprendido tiempo atrás y que se las guardaba para sí.

–Nunca fuiste a la universidad, ¿verdad? –añadió con malicia.

–Tienes la capacidad de encontrar mi punto débil –dijo ella en tono de desesperación–. Ni siquiera he terminado el instituto. El único motivo por el que me dieron el trabajo en la biblioteca de Malagash fue que estaban desesperados.

–Te gustaría estudiar, ¿no es así?

–Por supuesto. Pero tengo que ganarme la vida.

–No, no es cierto. Del te dará una pensión. De eso se trata.

–Una mujer mantenida –dijo ella con amargura.

–Basta de tópicos, eres demasiado inteligente para eso. Punto número uno: eres la nieta de Del. Punto número dos: él es un hombre rico que quiere reparar los errores del pasado. Punto número tres: su estado de salud no es bueno y no debe estresarse. No te hará daño aceptar su propuesta, y seguro que podría beneficiarte.

Él hacía que pareciera tan fácil... Sin embargo, el pánico empezaba a apoderarse de Tess al pensar en la idea de dejar la vida que llevaba.

–No quiero dejar la isla –dijo ella–. Tengo miedo de hacerlo.

Ya estaba. Lo había dicho.

–Lo sé… Ahí es donde entra en juego tu valor –dijo Cade–. Iremos poco a poco –añadió él–. Primero el corte de pelo y la ropa. Paso a paso.

–¿Y tú por qué tienes tanto interés?

«Es una oportunidad para poner a prueba mi fuerza

de voluntad», pensó él. «De practicar el celibato con una mujer que me vuelve loco».

–Lo hago por Del –dijo Cade, y supo que estaba al límite de la sinceridad.

Tess se abrazó y lo miró.

–¿Por qué todo tiene que ser tan complicado?

–¿Porque lo simple es aburrido?

–Tú no eres aburrido.

–Y tú tampoco –dijo Cade, con tanta vehemencia que Tess sonrió sin querer.

–Para cuando termines de llevarme por el mundo, estarás más aburrido que una ostra.

–No lo creo –dijo él. Le agarró la mano y la besó en la palma, provocándole tanto placer que ella creyó que se iba a derretir.

Tess se sonrojó y retiró la mano.

–Cuando te comportas así, ¡quiero salir corriendo en la otra dirección!

–No puedes… Es demasiado tarde para salir huyendo.

Él tenía razón, aunque no sabía en qué momento se había convertido en demasiado tarde.

–Entonces, puesto que Del no puede disgustarse, supongo que no puedo entrar en su dormitorio y decirle que voy a regresar a Malagash en el primer ferry, ¿verdad? Me has manipulado desde el principio, Cade. Enhorabuena.

–Mañana iremos de compras –dijo él–. Y pasado mañana iremos a Manhattan. Entretanto, tengo trabajo que hacer en el despacho. Te veré más tarde.

La puerta del solárium se cerró tras él. Tess se sentó en una silla y se quitó los zapatos. Camberley, Manhattan, Francia, Venecia. Con Cade.

La suerte estaba echada. Y su sentimiento predominante era la emoción.

Cubierta con una capa morada, Tess se miró en el espejo. Pierre, el estilista, le agarró un mechón de pelo y le observó las puntas.

–¿Quién te ha cortado el pelo? –preguntó gesticulando de manera exagerada.

–Yo –dijo ella–. Con las tijeras de cocina.

Él se frotó la frente con el dorso de la mano.

–¿Qué marca de crema suavizante usas?

–Ninguna.

–*Madame* –dijo él–, has llegado al lugar adecuado en el momento adecuado. Nos pondremos manos a la obra –le retiró el pelo de la cara–. Sí. Ya sé cómo empezar –llamó a uno de sus ayudantes–. Primero champú y suavizante.

Una hora y media más tarde, Tess volvió a mirarse en el espejo.

–¿Ésa soy yo?

–Es mi creación –dijo Pierre–. Volverás dentro de seis semanas, ni un día más tarde.

Pero Tess no lo estaba escuchando. Pierre le había cortado mucho el cabello y los rizos le rodeaban el rostro. Ella movió la cabeza y se sintió ligera. También sabía que estaba muy guapa, como si sus rasgos hubieran tomado vida. Quizá, los había ocultado durante años detrás de su melena, como protección. Cade la había acusado de ser una cobarde. Ella alzó la barbilla y dijo:

–Gracias, Pierre.

Pierre sonrió satisfecho.

–Eras un reto para mí. Ha sido un placer.

Tess recordó que Cade estaba esperándola fuera. Cade, quien la había encontrado atractiva desde un principio. Sintiéndose ridículamente tímida, Tess salió a la luz del sol de otoño.

Cade estaba apoyado en el Maserati, tratando de leer el libro que se había comprado en la librería de la zona. No lo conseguía. No podía dejar de pensar en la mujer castaña con fuerte personalidad.

O Tess Ritchie era una actriz estupenda, o realmente no quería el dinero de Del. El de Del o el suyo.

Teniendo en cuenta el tiempo que Tess y Cade habían pasado juntos, él sabía muy poco acerca de ella. La interpretación podía ser uno de sus mayores talentos.

¿Podía confiar en ella? ¿No había conocido a muchas mujeres que decían quererlo por como era y que realmente sólo querían una compensación económica cuando la relación terminaba? Ninguna de ellas había sido capaz de valorarlo por quien era, y no por su dinero.

«Pobre niño rico», pensó con ironía. La autocompasión nunca había sido algo digno de admiración. Pero, por una vez, le gustaría que lo vieran como un hombre, y no como un billete andante.

Entonces, algo hizo que levantara la vista.

Tess se dirigía hacia él. Cade notó que se le aceleraba el corazón. Se separó del coche y la miró hasta que ella estaba muy cerca.

–Ya te he dicho que eres muy guapa –comentó sin más–. Así que... ¿ahora qué puedo decir?

Ella se sonrojó.

–Si vuelvo a cortarme el pelo con las tijeras de la

cocina, Pierre me matará. He sido un reto para él, o eso me ha dicho.

–Él y yo estamos completamente de acuerdo. Sin duda, eres un reto.

–¿Una mujer que vive en una cabaña de pescadores supone un reto para el dueño de Lorimer Inc.? –dijo ella con incredulidad–. Es al contrario, Cade.

–¿Lo es? ¿Por qué?

Ella lo miró con el ceño fruncido.

–La ropa era el siguiente paso en tus planes –dijo ella–, y no hacer preguntas.

Ella tenía razón, por supuesto. Él no estaba interesado en su forma de pensar. Era su cuerpo lo que lo obsesionaba, no su mente.

–La boutique está a una manzana de aquí –dijo él, y le ofreció el brazo–. ¿Vamos?

Tess lo agarró del brazo y dijo en tono provocador:

–Si me pagas la ropa, en el pueblo se rumoreará que soy tu amante, ¿no te importa?

–Ya he hecho saber que la nieta de Del, que ha estado viviendo en Europa, ha venido de visita. Prefiero que los cotilleos sean precisos –la miró–. ¿Te gustaría ser mi amante?

–¡No!

–Casi mejor, teniendo en cuenta que no te lo he pedido.

Ella lo soltó al llegar a la entrada de la tienda.

–¿Y cómo sabré qué comprar aquí? –preguntó ella.

–He hablado con Susan, la dueña. Ella se asegurará de ofrecerte todo lo que necesitas.

–¡No vas a entrar conmigo!

–Te esperaré junto al coche –dijo él.

Tess lo observó alejarse y suspiró. Ella estaba dispuesta a pelear y él le había negado esa satisfacción.

«Se mueve con la gracia de un atleta», pensó mientras observaba cómo se alejaba.

Furiosa consigo misma, abrió la puerta de la boutique. Sonó un timbre y apareció una mujer de mediana edad.

–¿Puedo ayudarla? –la miró un instante–. Usted debe de ser Tess Ritchie –dijo con amabilidad–. Estaba esperando conocerla. Selena, la madre de Cade, era una buena amiga mía, una mujer encantadora.

Tess miró a su alrededor y comprobó que estaban solas en la tienda.

–Mis medias me costaron un dólar, los zapatos son de segunda mano y mi vestido lo hice yo. Mañana, Cade y yo iremos a Nueva York, después a Francia, Venecia y quién sabe dónde más. Necesito ayuda.

Susan se rió.

–Ha venido al lugar adecuado –se acercó a la puerta, colocó la señal de *Cerrado*, y cerró la cortina–. Vamos a divertirnos.

Lino, ante, lana, seda. Pantalones, sujetadores, zapatos, pendientes. Casual, formal, elegante. Y siempre, reflejada en el espejo, una mujer que a Tess le parecía una extraña. Una mujer que no se parecía en nada a la bibliotecaria de una pequeña ciudad de la costa de una isla.

Al final, cuando Susan preparaba la cuenta, Tess dijo:

–Yo pagaré los primeros novecientos dólares –sabía perfectamente cuánto dinero tenía en la cuenta bancaria y quería dejar suficiente dinero para el vuelo de vuelta desde Adelaide en caso de que lo necesitara.

–Cade no mencionó que fueras a pagar nada –dijo Susan, dubitativa.

–Cade Lorimer está acostumbrado a que todo se

haga a su manera –Tess sacó la tarjeta de crédito–. Los primeros novecientos.

–Se llevará una sorpresa.

–Le vendrá bien.

Tess firmó el recibo y abrazó a Susan.

–Muchas gracias. Me has salvado la vida.

–Ha sido un placer –dijo Susan–. Me ocuparé de que esta tarde te lo envíen todo a Moorings. Diviértete en tus viajes, Tess…

–Haré lo posible –dijo Tess y, sonriendo, salió a la calle.

Sus zapatos de tacón eran italianos, sus medias, de seda. Su ropa interior, de seda y encaje. Su traje, de lino. Y los pendientes, de oro. Cruzó la calle sintiéndose segura de sí misma y vio que Cade se acercaba hacia ella.

Cuando se encontraron, ella se colocó las gafas de sol que se había comprado en la cabeza y le dio la factura de la tienda.

–Te he costado una fortuna –le dijo–. Y por cierto, Susan me ha caído muy bien.

Él miró la cuenta.

–No tanto como esperaba.

–He pagado novecientos dólares –dijo Tess–. Así sólo soy una mujer mantenida a medias.

–¡No puedes permitirte hacer eso!

–Deja que yo decida lo que puedo o no permitirme –dijo ella, y supo que se refería a algo más que a la ropa.

–A veces lo haré –contestó él con suavidad–, y a veces no.

–Entonces, harás que me mantenga alerta, ¿no es así?

–Mientras te esperaba, reservé nuestros vuelos a Manhattan y a París.

–¡Dijiste que irías paso a paso! Eso son dos a la vez. No tientes la suerte, Cade.

–Eres la mujer más discutidora que he conocido nunca.

–La flexibilidad ante una fuerte oposición es muestra de madurez –contestó airosa.

La brisa marina movía su falda y dejaba al descubierto sus piernas esbeltas. «Es como una flor», pensó Cade, «colorida, bonita y bruñida por el sol».

«Las flores están para agarrarlas», le dijo una vocecita interior.

«Ésta no».

«¿Así que el cobarde eres tú, Cade?».

Tras un suspiro provocado por la frustración, el deseo y la furia, Cade abrazó a Tess y la besó en la boca. Sorprendida, ella separó los labios y permitió que él introdujera la lengua en su interior. A Cade se le aceleró el corazón y una oleada de deseo recorrió su cuerpo, instalándose en su entrepierna.

Su aroma y su delicadeza lo volvían loco.

Estaba perdido.

No estaba perdido. Estaba en la calle principal de Camberley, besando a la nieta de Del a plena luz del día. Y como si alguien le hubiera echado un jarro de agua fría, Cade separó el rostro del de ella.

Y se encontró con la mirada turbulenta de unos ojos verdes y unas mejillas sonrojadas.

–Si fuera inteligente, me iría a Manhattan solo, en el primer vuelo.

–Adelante –dijo ella.

–De ninguna manera… Nunca me retiro de un reto –sonrió–. Arruinaría mi reputación.

Su respuesta no era nada tranquilizadora. Tess lo miró un instante, tenía un nudo en la garganta y le temblaban las piernas. El deseo que le había provocado el beso de Cade era su enemigo, y su objetivo era que tuviera una relación íntima con un hombre que, sin duda, exudaba peligro por cada poro de su piel.

¿Una relación íntima? Ese concepto le resultaba igual de extraño que el hombre en sí. Y sin embargo, había aceptado recorrer con él tres continentes durante las seis semanas siguientes.

Estaba loca.

–Siempre puedo salir huyendo, Cade. Y lo haré, si presionas demasiado.

–Siempre puedo traerte de vuelta.

–Soy buena desapareciendo –dijo ella–. Tengo mucha práctica. Quizá quieras recordarlo.

Incluso en aquellos momentos, consciente de que había cometido un gran error al dejarse cegar por el deseo, Cade tuvo que contenerse para no tomarla entre sus brazos y besarla de nuevo. Nunca se había sentido tan descontrolado, tan obsesionado por el cuerpo de una mujer. Aunque eso fuera todo, un cuerpo. Maldita fuera, lo único que estaba sintiendo era la atracción básica entre un hombre y una mujer. Deseo. Química. Testosterona.

Nada más.

Y así era como pensaba seguir.

Capítulo 6

DIECISÉIS minutos más tarde, Cade detuvo el Maserati en la puerta de Moorings. Recogió un maletín de cuero del asiento de atrás, lo abrió y dijo:

—Será mejor que te dé esto ahora, Tess.

Le entregó unos papeles, una chequera y una tarjeta de crédito.

—Todo está a tu nombre. Éste es el saldo que hay en la cuenta, y a primeros de mes te ingresarán esta cantidad. Ah, y aquí pone el límite de la tarjeta de crédito.

Tess permaneció quieta mirando las cifras y sintió que la tierra temblaba bajo sus pies.

—Es demasiado —le dijo.

—Te acostumbrarás —contestó él con cinismo.

—Vaya, gracias por el voto de confianza. ¿De quién es el dinero?

—De Del. Yo sólo soy el mensajero.

—¿Sabes cómo me siento? —preguntó ella—. Como si me estuvieras robando todo lo que aprecio, mi independencia, mi trabajo, mi casita, mi libertad —miró la chequera—. Y has tenido el descaro de sustituirlo por dinero… Todo para evitar que un viejo arrogante llegue a disgustarse.

Cade la miró en silencio. Parecía que hablaba de corazón, y sintió un poco de remordimiento. ¿Cuánto tiempo había pasado desde que alguien le hacía cuestionarse sus motivos, o le hacía ver el resultado de sus actos?

«Es por tu bien…». Y aunque eso fuera verdad, quizá ella se mereciera algo mejor. Pero no se le ocurría ninguna alternativa, así que... permaneció en silencio.

Impaciente, Tess se pasó una mano por el pelo.

–Fui tonta al pensar que lo comprenderías… A pesar de que todo estaba dicho, acepté esta locura, ¿no es así? Vayamos a ver a Del y terminemos con esto.

–No hasta que te hayas calmado.

–No te preocupes. Me comportaré. Con mi ropa elegante y mis zapatos caros.

–¿Y por qué te has metido en esta locura, como tú dices? ¿Cuál es el verdadero motivo?

Tess se mordió el labio inferior. Él no podía haberle hecho una pregunta más difícil.

–Todavía no lo sé –dijo ella.

–Cuando lo sepas, me lo contarás, ¿no es así?

–Puede. O puede que no. Quizá sea algo privado.

–Estoy seguro de que sí… Y con motivo.

–¡Insistes en sospechar lo peor de mí!

Ella tenía razón. Así era.

–Será mejor que vayamos a visitar a Del. Tiene que acostarse temprano y nosotros nos iremos a primera hora de la mañana. Así que es tu única oportunidad de despedirte de él.

Si ella tuviera la manera de hacer que Cade la viera tal y como era... Tess lo siguió hasta la casa y subió por las escaleras con el montón de papeles bajo el brazo.

La puerta de la habitación de Del estaba abierta. El hombre estaba sentado en una butaca, contemplando el mar azul de la cala, y su rostro denotaba tristeza y frustración. Tess sintió lástima por él. Era un hombre viudo que había perdido a su querida esposa, y durante las últimas semanas había empeorado mucho su salud.

Tras llamar a la puerta para darle tiempo a recuperarse, Tess dijo en voz baja:

–Soy una mujer nueva. ¿Quiere que me presente?

Del volvió la cabeza y abrió bien los ojos.

–Me recuerdas a Selena. Mi segunda esposa. La madre de Cade. Era muy bella… Y me quitó el aliento hasta el día en que murió.

–Gracias, señor Lorimer. Es un halago para mí.

–¿Cómo piensas llamarme, señorita? Porque puedes olvidarte de lo de señor Lorimer.

–Te llamaré Del, si no vuelves a llamarme señorita.

Él soltó una carcajada.

–Trato hecho. Así que mañana te vas a Manhattan.

–Sí –dijo ella–. Aunque me reservo el derecho de regresar a Malagash cuando quiera.

–Será mejor que Cade se asegure de que no lo hagas.

–Puede que no dependa de Cade… Tengo personalidad propia.

–Y Cade también –dijo Del con una sonrisa.

–Entonces, que gane el mejor –repuso Tess.

–Si habéis terminado de marcar vuestro territorio como una pareja de gallos –dijo Cade–, tengo trabajo que hacer.

Pero Tess no había terminado. Señalando el montón de papeles que llevaba bajo el brazo, dijo:

–Gracias por todo esto, Del. Has sido muy generoso, y te prometo que no malgastaré tu dinero.

–Diviértete –dijo Del–. Creo que tu vida no ha sido muy divertida hasta el momento.

–Lo haré –afirmó ella. Dio un paso adelante, lo besó en la mejilla y le susurró al oído–: Gracias, abuelo.

La risa de Del la acompañó mientras salía de la habitación. Cade salió detrás de ella.

–Ya has conseguido que coma de tu mano… Bien hecho, Tess –le dijo una vez en el pasillo.

–No quieres que se disguste –dijo ella–, pero tampoco te gusta cuando me porto bien con él. ¿Cuál es tu problema?

«Durante toda mi vida he deseado algo que Del no quería darme, y que te está dando a ti», pensó Cade. Como no se le ocurría nada que decir, la agarró por la cintura, la atrajo hacia sí, y la besó en los labios. Ella le pegó una patada. Ignorando el dolor que sentía en la espinilla, la besó con más ímpetu, buscando que reaccionara de manera diferente y haciendo todo lo posible por conseguirlo.

Tess se rindió por completo. ¿Qué otra opción le quedaba? Sentía que se derretía entre sus brazos. Lo rodeó por el cuello y le acarició la nuca. Era un beso que no quería que terminara nunca…

Sus bocas encajaban a la perfección. Cade la deseaba, y si no la poseía, estallaría.

Cade le abrió la chaqueta y le acarició los pechos por encima de la blusa. Ella se estremeció. Se le endurecieron los pezones y arqueó el cuerpo contra el de Cade. Para él, no había nada más en el mundo que aquella mujer tan deseable.

Estaban demasiado cerca de la habitación de Del, así que Cade se separó.

–No sé qué me pasa cuando estoy contigo –soltó él–. Pierdo la cabeza.

Ella estaba temblando y tenía los labios hinchados por el beso.

–¡No puedes hacerme esto! No puedes besarme

como si fuera la única mujer del mundo y después rechazarme como si te resultara repugnante.

Cade sabía que nada estaba más lejos de la verdad. Pero sería más sencillo si Tess creyera que él sólo estaba jugando con ella.

—Haré lo que quiera —dijo él.

—Me odias —susurró ella.

—¡Odio lo que provocas en mí!

—Sin embargo, ¿se supone que vamos a viajar juntos?

—¿Sabes cuál es el problema? —dijo él—. Tengo que encontrar una mujer que sepa de qué va el juego.

—Así que no me besas a mí... Cualquiera te valdría.

—Cualquiera no. Tiene que ser guapa, elegante y para algo temporal. Tus ojos brillan demasiado para mi gusto.

—No tengo miedo de mis sentimientos, si eso es a lo que te refieres.

—Guardarse el corazón en la manga es una estupidez.

—Peor es no tener corazón.

—Eso es...

—Ahora mismo, no te besaría ni aunque fueras el único hombre de Manhattan. Toda tu vida es una mentira, Cade. Te entrometiste en mi trabajo a mis espaldas, me engañaste para proteger a Del, me manipulaste para conseguir tus objetivos. No te odio, ¡te aborrezco!

«Lo he conseguido», pensó Cade. Ella lo evitaría todo lo posible durante los siguientes días, y él no le pondría la mano encima.

Sin embargo, sentía un nudo en la garganta.

—Prepárate para salir a las ocho de la mañana. Le diré a Thomas que te lleve algunas maletas a la habitación.

Se volvió y se alejó por el pasillo. Deseo, eso era todo. Puro deseo.

De una intensidad que nunca había experimentado antes.

Al día siguiente, por la tarde, Tess estaba esperando a Cade en la sala de espera de las oficinas de Lorimer Inc. en Manhattan. «Acero, cristal y mucha luz», pensó ella. «Hecho para impresionar». Cade llevaba impresionándola todo el día. El imperio sobre el que él tenía el control era más complejo de lo que ella había imaginado. Todo el mundo lo respetaba, desde el personal de limpieza hasta el vicepresidente.

No podía haber engañado a toda la gente que trabajaba en las dieciocho plantas, ¿no? Así que en el trabajo no sólo era inteligente y eficiente, sino también encantador. Le había preguntado por el nieto a una mujer de la limpieza, le había preguntado por su esposa enferma al vicepresidente. Había escuchado a una secretaria acerca de un problema con el seguro médico y había hecho lo posible por solucionarlo.

Tess se preguntaba cómo sería con las mujeres con las que salía en las citas. Quizá ellas tuvieran una visión muy diferente de la de la señora de la limpieza.

Tess nunca estaría a la altura de ellas. Él iba a buscar a una mujer que supiera de qué iba el juego.

«Está bien», pensó Tess. Ella no mantenía relaciones sexuales y evitaba las relaciones íntimas. Otra mujer cautivaría a Cade, permitiéndole que ella se acostumbrara a su nuevo papel como protegida de Lorimer.

No tenía ni idea de qué implicaba ese papel. ¿Mayor pérdida de libertad? ¿O el encuentro de algo que no había imaginado jamás? En cualquier caso, cuanto antes encontrara Cade a otra mujer, mejor.

Al ver que se acercaba hacia ella, sintió un vuelco en el corazón. Llevaba un traje oscuro, una corbata de seda y el cabello impecablemente peinado. Se movía con agilidad y la mirada de sus ojos grises le daba fuerza y personalidad.

El conjunto generaba un magnetismo tan poderoso que todas las mujeres del edificio se volverían al verlo pasar.

¿Incluida ella? ¿Trataba de engañarse?

Apretando los dientes, Tess consiguió mantenerse en su sitio.

–Mi chófer está afuera en la limusina –dijo Cade en tono formal–. Él te llevará a casa. Tenemos entradas para la ópera de esta noche. Iremos a cenar antes, porque mañana también tenemos que madrugar y pareces cansada.

Lo estaba. Pero no hacía falta que él se lo dijera.

–Ah –añadió él–. Ponte un vestido largo, ¿quieres?

–Sí, señor Lorimer.

Él entornó los ojos.

–Espero que durante la visita hayas aprendido que valoro más la iniciativa que la docilidad.

–¿Me harás una prueba?

–¡Olvídalo!

–¿Tus amigas se convierten en muñecas de papel cuando empleas esa voz? –preguntó ella.

–Tendrás que preguntárselo a ellas. Volveré antes de las seis.

Se dio la vuelta y se dirigió hacia los ascensores. Tess corrió hacia la calle. El chófer la llevó hasta la casa de ladrillo rojo que Cade tenía cerca de Central Park. Ella corrió hasta el dormitorio donde habían dejado sus maletas y se quitó el traje. Se duchó, se puso unos vaqueros y colocó sobre la cama uno de los tres vestidos que Susan le había ayudado a elegir. Era verde y le sentaba de maravilla. Necesitaba toda la ayuda que pudiera encontrar porque salir con Cade y encontrarse con sus amistades era algo que la asustaba. ¿Y se encontrarían también con las mujeres de su pasado?

¿Cómo sería hacer el amor con Cade? ¿Rendirse ante él, desnuda entre sus brazos?

Dejando el vestido sobre la cama, salió de la habitación. A Cade le gustaban los colores vivos, los muebles sencillos y el arte moderno. Ella se detuvo frente a unas fotografías que había sobre la chimenea del salón. En una de ellas, aparecía Del de joven, abrazando a Selena. Cade, que debía de tener unos nueve años, estaba al otro lado de Del.

Y ya entonces, su mirada estaba llena de secretos.

De pronto, tras de sí, oyó el ruido de una puerta al cerrarse. Tess agarró una escultura que había sobre la repisa de la chimenea y, blandiéndola como si fuera un arma, se volvió y se puso en cuclillas.

Cade estaba en la puerta.

Despacio, Tess se puso derecha y deseó que se la tragara la tierra.

—Me has asustado.

Él se acercó, le quitó la escultura de las manos, la dejó sobre la repisa y dio un paso atrás. Su forma de reaccionar lo había horrorizado.

—¡No me mientas!

—Yo…

—Tu manera de reaccionar al oír la puerta… ¿En qué tipo de ambiente te has criado?

—Eso no tiene nada…

—Déjalo… En menos de un instante estabas lista para defenderte. De algo mortal, por la expresión de tu rostro. Es hora de que seas sincera, necesito saber qué pasa. Los lugares donde has vivido. ¿Por qué estabas tan asustada el primer día que me conociste?

—¡Dame un buen motivo por el que deba contarte algo! No te gusto. Ni siquiera confías en mí… Crees que voy detrás de tu dinero.

Cade se fijó en el color de sus mejillas, sin apenas escuchar lo que decía y sin hacer ademán de acercarse a ella. «Mantente así. No la toques, pase lo que pase. Pero asegúrate de que obtienes respuestas», pensó él.

—Tenías miedo de Cory… ¿Por qué? ¿Abusó de ti?

—No te debo una explicación —Tess retrocedió hasta que llegó al alféizar y no pudo escapar más—. ¿Por qué siempre llamas Del a tu padre, en lugar de papá? —preguntó ella—. ¿Porque no te quería cuando eras pequeño?

Cade apretó los dientes.

—Eso no es asunto tuyo.

—No es mala respuesta. La utilizaré yo también.

—A lo mejor Del no me recibió en la familia como a mí me habría gustado —dijo Cade—. Pero él me ofreció una infancia segura, más feliz que la de muchos niños, e hizo todo lo posible por prepararme bien para cuando tuviera que enfrentarme al mundo. Apostaría cualquier cosa a que tú no tuviste nada de eso.

—Si estás tan interesado en mi infancia, ¿por qué no contratas a un detective privado? —dijo ella—. Puedes permitírtelo, ambos lo sabemos.

La verdad le sentó a Cade como una bofetada.

—No quiero. No quiero que un extraño investigue los detalles de tu vida. Quiero que me lo cuentes tú.

—¿Quieres que confíe en ti? —dijo ella con incredulidad.

—Nada de lo que me cuentes saldrá de esta habitación, y nunca lo emplearé en tu contra.

—Aunque eso fuera cierto, ¿por qué iba a contártelo a ti? Nunca he hablado con nadie sobre mis padres o sobre mi pasado.

—Si no me lo cuentas, contrataré a un detective.

—¿Sabes cuál es tu problema? Que no soportas perder.

—Así es. ¿Qué eliges, Tess? —se metió las manos en los bolsillos—. Confesarse es bueno para el alma, ¿no es eso lo que dicen?

—Tonterías.

—En cualquier caso, inténtalo.

Ella suspiró y miró por la ventana. Cade se acercó a ella y se colocó donde pudiera verle la cara.

No tenía ni idea de qué era lo que estaba a punto de oír. Pero sabía que era fundamental oírlo.

—Cory siempre caía bien a sus conocidas. Era muy atractivo y encantador. También era un adicto a la heroína que robaba, engañaba y mentía. Y Opal era guapa, rica, salvaje y voluntariosa, con la moral de un gato callejero. Hacían buena pareja. Yo, por supuesto, fui un accidente. Fui un obstáculo para ellos hasta que tuve edad para quedarme sola.

—¿Cuántos años tenías?

—Cinco. Seis. Solían encerrarme en mi habitación cuando salían, y yo nunca sabía cuándo regresarían ni en qué estado estarían… Solía fantasear con escaparme. Pero no tenía dinero ni sitio dónde ir. Cory decía que no tenía parientes, ni abuelos, y por supuesto nunca me hablaron de Del ni de su dinero.

—¿Me estás sugiriendo que fueron padres modelo hasta que cumpliste los cinco años?

Ella hizo una mueca, y comenzó a acariciar el marco de la ventana con el dedo.

–Vivimos en Madrid hasta que cumplí los cinco años –dijo ella–. Tenía una niñera que se llamaba Isabel. Era una española con carácter que se enfrentó a mis padres para asegurarse de que yo obtenía comida y descanso, y que me llevaba al parque a jugar con otros niños… Yo solía llamarla Bella, porque no era capaz de pronunciar su nombre.

–¿Qué le pasó?

–Dos días después de mi quinto cumpleaños, Cory, Opal y yo nos subimos a un tren nocturno y viajamos desde Madrid a Viena. No volví a ver a Isabel. Y por mucho que lloré, mis padres no quisieron llamarla por teléfono para que pudiera despedirme de ella. Un par de semanas más tarde me dijeron que había muerto.

–Y se te partió el corazón.

Por primera vez, Tess lo miró a los ojos. Él se percató de que su mirada tenía una expresión de dolor.

–Nunca he querido a otra persona tanto como a Isabel –dijo ella–. El amor es traicionero. Te deja desconsolado y con una sensación de soledad más grande de lo que nadie habría imaginado.

–No siempre –dijo él–. Por supuesto que lloré cuando falleció mi madre. Pero me sentía afortunado porque nos teníamos el uno al otro.

Una vez más, Cade había sido sincero en lugar de sentir lástima por ella.

–Mi experiencia no ha sido ésa.

–¿Nunca llamaste mamá y papá a tus padres?

–No me contestaban cuando lo hacía.

–No era el papel que les gustaba tener –dijo Cade, recordando a Del. Del no había querido ser su padre. Y había tardado años en admitir aquella devastadora verdad–. ¿Y Cory te trató mal?

–No. Bueno, me abofetearon un par de veces, normalmente cuando estaban desesperados por una dosis y no tenían dinero. Pero nada más.

La última frase revelaba mucho acerca de la niña que Tess había sido. Estaba tan aterrorizada en su vida diaria que el hecho de que la abofetearan no era importante. Aunque estaba casi convencido de que sabía la respuesta, Cade dijo:

–¿Por qué os marchasteis de Madrid?

–Cory tenía muchos acreedores. Se convirtió en una costumbre, nos quedábamos en la ciudad hasta que se convertía en algo demasiado arriesgado, después nos escapábamos por la noche y nos instalábamos en otro lugar. A veces abundaba el dinero, pero a veces no teníamos nada –se estremeció–. Ninguna estabilidad. Ninguna seguridad.

–Hasta que terminaste en Malagash.

–¿Te das cuenta de por qué soy una chica solitaria, y de por qué adoro mi pequeña cabaña? Es mía. Yo tenía el control. Y me sentía segura.

–Aquí también estás segura –dijo Cade.

–Una cosa que he aprendido con los años es a proporcionarme mi propia seguridad.

–Puedes pedirles ayuda a otras personas.

–¿Quieres decir a ti? –dijo ella con incredulidad–. No creo.

¿Por qué estaba tan enfadado, cuando básicamente ella le estaba diciendo lo que quería oír?

Tess había confiado en él y le había contado parte de su historia. Aunque era cierto que él sabía que había cosas que no le había contado. Por ejemplo, lo que sucedió cuando ella cumplió los dieciséis años.

«Más tarde. Espera el momento oportuno», pensó Cade. «Tendrás muchas oportunidades durante los próximos días».

–Tenemos que cenar, Tess –dijo él–. La ópera empieza a las ocho.

–¿Todavía quieres ir conmigo?

Él arqueó una ceja.

–¿Y por qué no?

–Cade, ¿no lo comprendes? Mi padre era un sinvergüenza. Mi madre cambiaba de hombre como si fueran zapatos. ¿Y tú quieres presentarme a tu círculo social en Nueva York?

–¿Crees que soy un idiota? No te pareces en nada a tus padres.

–¡No tienes ni idea de cómo soy!

–Sé bastante sobre ti.

–Estoy muy avergonzada de mis padres –dijo Tess en voz baja–. Pensaba que si hablaba con alguien sobre ellos, me dejarían tirada como si fuera una manzana podrida.

–Te has equivocado de hombre.

–Estás enfadado –susurró ella.

–Contigo no. Con ellos. Por la manera en que trataron a una niña que era demasiado pequeña para defenderse.

–Oh –dijo perpleja–. ¿Crees que alguna vez seré capaz de averiguar cómo eres?

–Odio ser predecible.

Tess lo miró en silencio. ¿Predecible? Vaya broma. Él había escuchado su historia sin juzgarla, un gesto tan inesperado que ella se sentía enormemente agradecida. No le había mostrado lástima ni una sola vez, ni la había tocado. Si lo hubiera hecho, ella habría roto la norma que se había autoimpuesto y habría llorado junto a él.

Curiosamente, la idea de salir por la noche, rodeada de extraños y nuevas distracciones, le apetecía. En aquellos momentos se sentía destrozada. Los recuerdos inundaban su mente y eran demasiado dolorosos.

—Tienes razón, será mejor que cenemos —dijo forzando una sonrisa—. Te gustará mi vestido. Susan lo eligió porque es del mismo color de mis ojos.

«Debería haberle comprado esmeraldas a juego», pensó Cade. Pero tendría muchas oportunidades para hacerlo.

Capítulo 7

DECIR que le gustaba el vestido de Tess era el eufemismo del año. Cade observó a Tess mientras bajaba por las escaleras. Llevaba un vestido verde, cuya falda de tafetán ondeaba a cada paso. El corpiño, de encaje bordado en oro, resaltaba sus hombros de piel marfileña.

El deseo se apoderó de él y Cade hizo un esfuerzo para disimular.

–Muy bonito.

–No estoy segura de que ésa sea la reacción que buscaba.

Él la miró de abajo arriba, fijándose en las sandalias de tacón, en su escote y en su exótica mirada de largas pestañas.

–¿Qué es lo que buscabas?

–*Vogue. Elle. Flare* –sonrió ella–. Aspiro a mucho.

–Tu rostro refleja demasiada personalidad para ser modelo. Antes de que vuelvas a ponerte ese vestido, te regalaré esmeraldas.

–¡No!

–Discutes demasiado –dijo él, y le tendió el brazo–. ¿Nos vamos?

Tess dudó un instante en el último escalón. Cade estaba muy atractivo. Vestía un esmoquin de color negro y una camisa blanca. «Atractivo, sexy y magnético», pensó ella.

Cade sabía más que nadie acerca de su vida, y no había salido huyendo.

Él la asustaba.

Tess apoyó la mano en su manga.

—Mi chal está en la mesa, junto a la puerta.

Cuando él le cubrió los hombros con la tela dorada, sus dedos rozaron la base de su cuello. Una oleada de deseo la invadió por dentro. Eso no había cambiado. Si acaso, se había intensificado.

Ella levantó la vista y dijo:

—Cuando me miras, ¿qué es lo que ves? —después se cubrió la boca con la mano—. ¡Oh, cielos! Olvida que te lo he preguntado.

Cade apoyó las manos sobre sus hombros y contestó:

—Veo a una mujer bella que no está convencida de que lo es. Que no tiene ni idea de lo poderosa que es, y que puede que no quisiera mostrar ese poder aunque lo supiera. Una mujer al borde del futuro...

—Lo dices por lo que ves.

—¿Hay alguna otra manera?

—Para ti, no —dejándose llevar por el impulso, se puso de puntillas y lo besó en los labios—. Haces que me sienta guapa —susurró—. Gracias.

Cade deseó tomarla en brazos y llevarla a la cama. Haciendo un esfuerzo, consiguió hablar con normalidad.

—Vamos a pasárnoslo bien.

—Ni siquiera me has dicho qué ópera vamos a ir a ver.

—*La Traviata*. Amantes desventurados.

Tess podía haber dicho: «Yo nunca he tenido un amante, ni desventurado ni nada». Pero ya había hablado demasiado aquella noche. Y su virginidad era otro de los secretos que había guardado durante años.

El chófer los llevó hasta el Teatro de la Ópera, donde los acomodaron en el palco privado de Cade. La orquesta comenzó a tocar.

Cuando bajó el telón después del primer acto, Cade le preguntó a Tess:

−¿Te ha gustado?

−Oh, sí. Es emocionante. Y tienen unas voces deliciosas.

Él nunca la había visto tan vulnerable. Pero sería de mal gusto aprovecharse de ella. Tenía que buscarse otra mujer. Y pronto. Por una cuestión de supervivencia.

−¿Te apetece una copa de vino?

−Me gustaría quedarme aquí sentada −dijo ella−. Pero ve tú.

«Buena idea», decidió Cade, y se marchó al bar. Sin embargo, al final del segundo acto, Tess dijo:

−Tengo que estirar las piernas. No va a tener un final feliz, lo sé… Ojalá lo tuviera.

−Una copa de vino te quitará los males −dijo Cade.

Él la guió entre la multitud y le presentó a varias personas. Después, una mujer rubia se acercó a ellos. Ignorando a Tess, apoyó la mano en el brazo de Cade y se puso de puntillas para besarlo. «Iba a besarlo en los labios», pensó Tess. Pero Cade, en el último momento, giró la cabeza y la mujer lo besó en la mejilla.

−Cuánto tiempo sin vernos, Cade −dijo la rubia−. Demasiado. Tenemos que quedar.

−Hola, Sharon… ¿Puedo presentarte a Tess Ritchie? Sharon Heyward, ésta es Tess.

−Hola −dijo Sharon−. ¿Te está gustando la ópera? Sin duda, no es tan buena como la producción de Zeffirelli.

−Puesto que nunca la había visto, no puedo comparar.

–¿Es tu primera visita a la ciudad? –sonrió Sharon–. Ya me parecía que estabas fuera de lugar.

–Me crié en Europa –dijo Tess, sonriendo también–. Amsterdam, Viena, París. Es agradable visitar Manhattan con Cade.

Sharon batió las pestañas.

–Cade, estoy en la ciudad hasta el martes. Estoy segura de que no estarás ocupado todo el fin de semana.

–Tess y yo nos vamos a Francia mañana a primera hora –dijo Cade.

Sharon se puso seria. Se volvió hacia Tess y le dijo:

–No esperarás que te dure, ¿verdad? Cade siempre se va tarde o temprano.

–¿Dejando un rastro de corazones rotos tras él? –dijo Tess–. De algún modo, Sharon, no creo que el mío se encuentre entre ellos. Pero gracias por advertírmelo… Cade, ¿volvemos a nuestro palco?

Sharon se volvió con indignación.

–Me alegro de conocerte –dijo Tess. Después, mientras Cade y ella subían por las escaleras, ella susurró–. ¿Cada cuánto voy a conocer a tus ex amantes?

–No me preocuparía por ello, te contienes muy bien.

Ella se percató de que estaba enfadada sin motivo.

–¿O quizá no debería asumir que es una ex? No parece que se considere una de ellas.

–Dinero, Tess, dinero. Si yo estuviera en la miseria, Sharon me pisotearía con sus *Ferragamos*.

–Entonces, ¿por qué te acostaste con ella?

–¡Búscame una mujer a la que no le importen los millones de la familia Lorimer!

Tess lo miró boquiabierta.

–Yo no soy mejor que Sharon. Voy vestida con ropa que has pagado tú. Y si te hubieras salido con la tuya, también llevaría esmeraldas.

Cade cerró las cortinas del palco con decisión.

–Disfrutarías lo mismo de la ópera en la última fila del patio de butacas.

–Huy, al menos no le diste a Sharon todos los detalles sobre mi vida en Europa.

–Vamos a dejar clara una cosa, Tess. Todos tenemos un pasado. Sí, he tenido aventuras amorosas, por supuesto que sí. Y tú tienes veintidós años, llevas sola desde los dieciséis… Has salido con hombres y puede que nos encontremos con ellos en el aeropuerto de París.

«Tengo que contarle la verdad a Cade», pensó Tess. No encontraría un momento mejor que aquél. Pero justo cuando se disponía a hablar, el director de orquesta salió al escenario y la gente comenzó a aplaudir. Pasó el momento.

Y también el momento de preguntarle a Cade quién iba a ser su próxima amante. Estaba a la caza, él se lo había dicho.

Tess la odiaría. Fuera quien fuera.

Cuando se levantó el telón y apareció la habitación de Violetta, Tess continuó pensando. ¿Cómo podía odiar a alguien que ni siquiera conocía? No era que ella quisiera ser la amante de Cade.

«Además, Cade es un hombre libre, que va a hacerle un favor a Del al viajar contigo por tres continentes. Tú no significas nada para él. Sólo eres una mujer más de su lista de bellas mujeres».

Desde la cama, Violetta comenzó a cantar y Tess hizo lo posible para sublimar sus sentimientos con los de la cortesana. Poco a poco, consiguió meterse de lleno en la música. El trágico final afectó a su corazón y cuando terminó la función, salió en silencio del teatro.

Violetta, tan joven y bella, había anhelado a su amado con tanta intensidad que había supuesto una revelación para Tess. Pero Violetta había muerto.

Ella todavía estaba viva. Y los besos de Cade, apasionados e irresistibles, ¿no habían sido también una revelación? Él le había provocado sentimientos que nunca había experimentado antes.

Se había estado engañando a sí misma. No quería que Cade hiciera el amor con otra mujer, ni que encontrara a otra mujer como amante. Ella deseaba que él le hiciera el amor.

Le temblaban las piernas. No tenía ni idea de cómo seducir a Cade.

–Tess, ¿te encuentras bien?

–Oh, sí –dijo ella, sonrojándose al ver que Cade la miraba fijamente.

Esperaba que no pudiera leerle el pensamiento.

Respiró hondo y, tratando de mantener la compostura, dijo:

–Me encanta la ópera, Cade. Muchas gracias por haberme traído.

–Ha sido un placer –dijo él, y la guió hasta la limusina que los estaba esperando.

¿Cómo sería convertirse en la amante de Cade? Durante el viaje por el mundo, ¿encontraría la oportunidad y el valor suficiente para invitar a Cade a su cama?

Ella no mantenía relaciones sexuales.

¿Pero sería sólo eso con Cade? ¿Sólo sexo? ¿Qué significaba eso?

No había manera de saberlo puesto que Tess partía de la total ignorancia. Aunque había leído muchas novelas durante los últimos años, muchas de ellas con contenido sexual, ninguna la había preparado para Cade Lorimer.

Minutos más tarde, cuando entró en el recibidor de la casa de Cade, se percató del silencio abrumador. Estaban solos. El dormitorio de Cade estaba arriba. Ella había entrado a verlo aquella tarde, antes de que él llegara a casa. Incluso se había sentado en la cama y se había preguntado si él dormía desnudo.

–Me voy a acostar. Ha sido un día muy largo –dijo ella.

Él estaba quitándose la corbata.

–Quien inventó esta prenda de ropa no sabía lo que era la comodidad –murmuró él–. Buenas noches. Pon el despertador para que podamos salir a las seis y media.

«No está pensando en mí», pensó ella mientras subía por la escalera. «Ni en el sexo». Lo que, por supuesto, era algo positivo.

Aquella noche, Tess soñó con Opal. Estaba cantando a pleno pulmón mientras se moría a causa de una sobredosis. Cory estaba en la otra habitación, peleándose con puños de metal… Ella despertó sobresaltada y se sentó en la cama. Tenía el corazón acelerado y sabía, por experiencia, que no podría volver a dormirse con facilidad.

Se puso un batín de seda sobre el camisón y bajó las escaleras descalza. Sin duda, encontraría chocolate caliente o té en la impresionante cocina de Cade.

Rebuscando en los cajones encontró el cacao. Abrió la nevera para sacar el cartón de leche.

–¿Qué pasa?

Tess gritó asustada, dio un paso atrás, se chocó con Cade, se volvió y cayó entre sus brazos.

–Pensé que eras un ladrón –le dijo.

–Y yo pensé que lo eras tú –dijo él.

Él llevaba un pantalón de cadera baja y nada más. Desde el ombligo hasta el esternón, tenía una fina línea de vello oscuro. Él estaba tan cerca que Tess podía inhalar su aroma, una mezcla de jabón y de cálida piel masculina. Tenía las palmas apretadas contra su torso y podía sentir su potente musculatura.

El batín que llevaba se le había caído de los hombros, y su camisón era una pieza mínima, de los que Susan había elegido para ella. «Di algo, Tess», pensó ella. «Cualquier cosa».

–No podía dormir.

–Me pareció que alguien llamaba… Eso es lo que me despertó.

–Tuve una pesadilla.

La abrazó con fuerza.

–Te dije que aquí estarías segura.

«Segura», pensó ella. «¿Cuál es su idea de la seguridad?».

Violetta no había optado por la seguridad.

Su corazón latía muy rápido. «Es muy atractivo», pensó ella. ¿Cómo era posible que nunca se hubiera fijado en que el cuerpo de un hombre pudiera enfatizar de manera tan seductora su propia feminidad?

–Maldita sea, Tess, no me mires así.

–¿Es ése el poder del que hablabas antes? –inquirió ella–. Contigo me siento diferente, como si de algún modo me liberases para que sea yo misma. Y, sin embargo, esa mujer es alguien que yo no conozco.

Cade inclinó la cabeza para besarla en los labios. Ella lo encontró a medio camino, con los labios separados. Él le mordisqueó el labio inferior y después introdujo la lengua en su boca, acariciándole el cuerpo con la mano bajo la tela de seda. Ella se estremeció y gimió, arqueándose contra él. Entonces, él introdujo de nuevo la lengua y el mundo se convirtió en nada más que deseo.

«No se necesita valor para estar en los brazos de Cade», pensó ella. «Es el mejor sitio para estar».

Tess metió los dedos entre el cabello de Cade, sujetándole la cabeza para que no se separara de ella.

Él la deseaba.

Ella se restregó contra su cuerpo y oyó que Cade susurraba su nombre. La rodeó con un brazo y la atrajo hacia sí. La tela de seda permitió que ella sintiera su miembro erecto y eso provocó que una oleada de calor recorriera sus venas.

Agarrándose a él con sus últimas fuerzas, le clavó las uñas en los hombros.

«Tómame. Poséeme», pensó ella, y supo que estaba preparada para viajar a un lugar desconocido. Con Cade. Sólo con Cade.

Cada vez que ella le clavaba las uñas, Cade sentía más excitación en la entrepierna. Ahogando un gemido, le mordisqueó el cuello y retiró el tirante de su camisón para dejar su pecho al descubierto. La piel pálida de sus senos hizo que se volviera loco. Agachó la cabeza y le acarició el pezón con la lengua hasta que lo notó duro como una roca. Hasta que ella le suplicaba, gimiendo, que no parara todavía.

Necesitaba poseerla para saciar su deseo. Y moriría si no la poseía. Allí. En ese mismo instante.

En algún momento, una luz de alarma se encendió en su cabeza.

¿Moriría?

¿Qué diablos estaba sucediendo? Nunca se había sentido así. Nunca había deseado a una mujer como deseaba a Tess.

No quería desearla.

Sin saber cómo, encontró las fuerzas necesarias para retirar la boca de su cálido cuerpo, respirar hondo y decir:

—Esto se ha terminado. Ahora mismo.

Ella se estremeció y abrió los ojos.

—No lo comprendo —susurró ella—. ¿Qué ocurre?

¿Cómo podía explicar algo que apenas comprendía? Si Tess había decidido, a los cinco años, posicionarse en contra del amor, ¿él no había decidido posicionarse contra el deseo cuando era muy joven también? Por lo que podía recordar, su padre había ridiculizado siempre su deseo de que él lo quisiera, y Del siempre se había mantenido distante.

«Relaciones superficiales», Cade pensó con sarcasmo. Ésas eran su especialidad, y le habían ido bien durante los años.

No iba a cambiar. Si el cuerpo de Tess lo llevaba al límite, se negaría la posibilidad de disfrutar de él.

Sencillo.

—Todo va mal —dijo él, en tono implacable—. Si nos acostamos esta noche, nos arrepentiremos por la mañana.

Tess se puso derecha y dijo:

—No quiero que pares. No me arrepentiré, lo prometo.

—Pero yo sí —contestó Cade con firmeza.

—Entonces, ¿todo ha sido una farsa? —preguntó ella.

—¡No!

—Estás mintiendo… ¡Tienes que estar mintiendo!

—No, hay cosas que no se pueden fingir.

—Entonces, ¿qué ocurre? No lo comprendo…

—Estaría aprovechándome de ti —dijo él

—¿Cómo ibas a aprovecharte de mí si acabo de decirte que estoy dispuesta?

Cade se echó hacia atrás. «Debería haberla soltado en cuanto ella cayó entre mis brazos», pensó furioso.

Su fuerza de voluntad era impresionante. Pero no tan impresionante.

–¿Te gusta hacer que las mujeres supliquen que les hagas caso? ¿O que te supliquen favores sexuales? Si es así, tenía razón al despreciarte.

Entonces, ella abrió mucho los ojos como si lo hubiera comprendido todo.

–Hay alguien más. Ya has encontrado a otra mujer. Por supuesto… Qué tonta he sido.

–No seas…

–Mañana iré contigo a Francia porque no quiero disgustar a Del –dijo ella–. Pero mantén las distancias, Cade. ¿Me has oído? O regresaré a Malagash en el primer avión y dejaré que tú des las explicaciones.

En un abrir y cerrar de ojos, salió de la cocina y cerró la puerta.

Cade suspiró. «Bien hecho», pensó. Él ni siquiera había querido admitir la posibilidad de que la necesitara, y lo que había conseguido era alejarla y herir sus sentimientos.

Era un jefe brillante. Pero cuando se trataba de Tess Ritchie, era de lo peor.

Quizá, al día siguiente, debería comprobar si el café del desayuno contenía arsénico. Y con ese pensamiento poco tranquilizador, Cade se fue a la cama.

Solo.

Capítulo 8

EN EL AEROPUERTO Charles de Gaulle, les esperaba el Maserati que Cade había alquilado. Era de color rojo escarlata. «El color de la pasión», pensó él. El color de la sangre.

Desde que salieron de Manhattan hacia el aeropuerto donde estaba aparcado el jet privado de Cade, Tess había permanecido en silencio. Había dormido durante todo el viaje, ignorándolo como si él no existiera. Mientras el mozo cargaba las maletas en el maletero, Cade se sentó al volante y arrancó el motor. «Será un juego de dos», pensó vengativo. Además, había tenido que concentrarse para conducir por París.

Tess no se inmutó ni cuando un par de taxis giraron bruscamente delante de su coche.

«No estás acostumbrado a esto, Cade. Las otras mujeres se pasaban todo el rato pendientes de ti».

No como Tess.

Recorrieron los setenta kilómetros que había hasta el castillo y cuando atravesaron las verjas de hierro, cuyos pilares estaban adornados con la imagen de un caballero con armadura, él dijo:

—Bienvenida al *Château du Chevalier*.

—Gracias —dijo Tess con frialdad. Se había propuesto no impresionarse con el lugar, pero después de atravesar un denso bosque que se abría hacia un jardín

lleno de flores, y ver el castillo, no pudo evitar quedarse boquiabierta.

«Parece un palacio sacado de un cuento de hadas,
donde siempre hay un final feliz», pensó Tess.

Pero, para ella, no habría final feliz.

—A nuestra izquierda hay un acantilado en el que
hace muchos años se excavaron cuevas para almacenar
vino. Las viñas están detrás del castillo. Es un buen
momento para estar aquí. La uva temprana ya está casi
lista para cosechar, otras tendrán que esperar a la primera helada… Sacaremos las cosas, te pondrás algo
menos formal y te llevaré a dar un paseo por los alre-
dedores. Hace dos meses que no vengo, así que tengo
mucho que hacer.

—Aprender las complejidades de la producción del
vino será algo fácil comparado con intentar compren-
derte.

—Entonces, será mejor que continúes con el vino
—dijo Cade.

Ahogando la rabia y el dolor que sentía, se centró
en toda la información sobre la poda, los taninos, las
barricas de madera y las cosechas especiales que Cade
le daba.

El día pasó muy deprisa y, de pronto, era por la noche. Tess siguió a Cade hasta el jardín. La luna llena
iluminaba los muros del castillo y su luz se posaba sobre las tranquilas aguas del Loira.

—Ni siquiera hemos hablado de la parte comercial
del viñedo —dijo ella.

—Lo haremos por la mañana. Es una ciencia en sí
misma.

—Mañana no me dejes probar tanto vino —comentó
ella—. Nunca he tenido mucho aguante.

—Me gustaría dar un paseo por algunos de los viñedos antes de cenar. Al fin y al cabo, la uva es lo importante —dijo él.

«Empieza a gustarme», pensó Tess, sorprendida por su sabiduría y el respeto y el cariño que los trabajadores mostraban hacia él.

Estaba muy lejos de casa.

—Prefiero estar aquí que en la biblioteca de Malagash —dijo de forma impulsiva—. Supongo que he superado la inseguridad y ni siquiera me he dado cuenta.

Cade se detuvo de golpe.

—Siempre tienes la capacidad de sorprenderme.

—Estoy segura de que Sharon nunca te sorprendió.

—Ni una vez… No te cayó mejor de lo que tú le caíste a ella.

—¿Volverá a ser tu amante?

Subieron la colina que había detrás del *château*. Hileras de viñas cubrían la tierra, con sus ramas llenas de uvas.

—Estas viñas son *Sancerre*. Allí están las *Bourgueil*.

—¿Es ésa una manera educada de decirme que me meta en mis asuntos?

—No volveré a liarme con Sharon.

—¿Estás liado con otra mujer?

—¿Qué es esto? ¿Un interrogatorio?

—Es una pregunta directa —dijo ella, confiando en que él no pudiera oír los fuertes latidos de su corazón.

—No. Todavía no.

Así que ya tenía respuestas. Mirando a su alrededor, Tess se percató de lo aislados que estaban en aquel lugar. No se veía el castillo ni los edificios anexos. Se detuvo un instante para reunir valor y después, poniéndose de puntillas, rodeó el cuello de Cade y lo besó en la boca.

Dando un paso atrás, le dijo:

–Lo he hecho porque quería hacerlo. No porque seas rico.

La brisa revolvió su cabello. Un búho ululó en la oscuridad. Cade permaneció quieto y ella comenzó a ponerse nerviosa.

Entonces, Cade le sujetó el rostro con las manos y la miró a los ojos:

–A la larga, te haré daño, Tess. No eres el tipo de mujer que busca una aventura y yo no soy de los que quieren compromiso. Nunca lo he sido.

–Entonces, ¿no hacemos nada por miedo a que nos hagan daño? –preguntó ella–. Así es como fue mi vida durante los dieciséis años que viví con Opal y con Cory. Siempre calmando las aguas turbulentas. Sin molestar. Viví todos los clichés, una y otra vez, hasta que me harté. Pero ahora estoy preparada para correr algún riesgo. Después de todo, estoy aquí en Francia, contigo, ¿no es así?

Cade podía sentir su piel fría bajo los dedos. ¿Y no le estaban dando la posibilidad de disfrutar de la mujer que había deseado llevarse a la cama desde el primer día que la vio en la playa de Maine?

Era un idiota si no disfrutaba de la oportunidad.

–Entonces, ¿esto no está relacionado con el hecho de que sea millonario?

–¡No!

–A ti no se te puede comprar, Tess. Lo sabes, y yo también.

–¿Lo dices en serio? –preguntó ella, mirándolo a los ojos.

–Sí. ¿No te das cuenta? ¿O es que no te crees nada de lo que digo? –de pronto, se fijó en que Tess tenía los ojos llenos de lágrimas–. Por favor, no llores… Era un cumplido.

Ella pestañeó furiosa.

—Confías en mí —dijo Tess, y tragó saliva—, eso es lo que estás diciendo. Y yo nunca lloro.

—Pues estabas a punto de hacerlo.

—Es ridículo. Cuando estuvimos cenando en el hotel de Malagash, yo hice todo lo posible para convencerte de que estaba detrás del dinero que tenéis Del y tú. Pero ahora estoy a punto de llorar porque comprendes que lo que está en juego no tiene nada que ver con el dinero. Absolutamente nada.

Cade se preguntaba si realmente había encontrado a una mujer que no lo veía como una cuenta bancaria andante.

—Eso no cambia lo que siento sobre las relaciones serias. Enamorarse no es una opción. Y el matrimonio, tampoco.

Ella alzó la barbilla de forma desafiante.

—«Amante» me parece una buena palabra.

—Mientras estés segura de ello.

—Estoy segura —sonrió de manera provocativa—. Empiezo a pensar que eres tú quien tiene miedo de correr el riesgo, Cade.

—¿Me estás llamando cobarde? —la rodeó por la cintura y la atrajo hacia sí. Ella abrió bien los ojos, dejó de sonreír y se puso tensa.

—Lo retiro —dijo ella, tratando de mantener el tono de voz. Tenía miedo, y estaba desesperada por ocultarlo.

«Toma la iniciativa», pensó. «Antes de que salgas huyendo como un conejo».

Colocó las palmas sobre su pecho, sintiendo el calor de su piel a través de la camiseta y la fuerza de su musculatura. Alzó el rostro, separó los labios y se fijó en que él la miraba con los ojos entornados.

–He esperado demasiado para hacer esto –la besó en la boca de manera apasionada.

Después la atrajo hacia sí provocando que una oleada de deseo recorriera su cuerpo. Tratando de mantener el control, Cade la besó en el cuello y notó que se le aceleraba el pulso.

–Te gusta –murmuró él, y sin esperar su respuesta, le retiró la chaqueta para encontrar su pecho, y contuvo la respiración al ver que ella se estremecía.

–Me gusta –susurró ella.

–No quería que tuvieras dudas –la tomó en brazos y la besó de nuevo, como si llevara toda la vida esperando para estar con aquella mujer bajo la luz de la luna.

Continuó besándola hasta que sintió que se rendía por completo. Sólo entonces, la dejó de nuevo en el suelo.

Tess se tumbó entre las viñas y Cade se colocó sobre ella. Nunca se había sentido tan femenina, ni tan segura de su propio poder. Abrió los brazos para recibirlo y él la besó una vez más.

En la distancia, el búho ululó de nuevo. Cade apenas lo oyó. Estaba absorto en la mujer que lo abrazaba y lo besaba sin parar. Él le retiró la chaqueta de los hombros y la dejó sobre la hierba, mientras ella le desabrochaba la camisa para acariciarle el torso y los pezones hasta hacerlo estremecer.

Cade abrió la blusa de Tess dejando sus senos al descubierto. Con cuidado, le desabrochó el sujetador, la miró con deseo y agachó la cabeza para acariciárselos con la lengua.

Ella arqueó el cuerpo y gimió de placer. Él sintió que le quitaba la camisa y le acariciaba los hombros desnudos, agarrándolo como si no fuera a dejarlo marchar.

–Eres preciosa –murmuró él–. Y quiero verte desnuda.

La besó en la boca una vez más, jugueteando con la lengua y saboreando su dulzor. Entonces, se quitó la camisa del todo y la lanzó hacia las viñas.

Las anchas espaldas de Cade brillaban bajo la luz de la luna. ¿Había visto a alguien tan atractivo y deseable? Y si quería que se desnudara, se desnudaría. Con los dedos temblorosos, Tess se desabrochó los pantalones y levantó las caderas para quitárselos.

Sus piernas, largas y esbeltas, provocaron en Cade un fuerte sentimiento de posesión. Era de él. Sólo de él. Con una fuerza brutal, le bajó la ropa interior. Ella se la quitó y se cubrió el pubis de manera instintiva.

–No seas tímida… No hace falta.

–Pero yo…

Cade la besó para silenciar sus palabras. Después, la agarró de las manos y le besó las palmas antes de explorar todas las curvas de su cuerpo. Estaba temblando y susurraba su nombre. Y todo lo que él deseaba era proporcionarle placer. Se deslizó sobre su cuerpo, separó la piel húmeda y rosada de su sexo, y comenzó a acariciarla rítmica y eróticamente.

Tess gimió y arqueó el cuerpo, clavando las uñas en los hombros desnudos de Cade.

–Cade, no pares –susurró ella–. Por favor, no pares…

Entonces, Cade notó que Tess llegaba al clímax y el eco de sus gemidos reverberó en sus oídos. Con cuidado, la estrechó entre sus brazos y sintió que su corazón golpeaba contra su pecho.

–Cade –susurró ella–: Oh, Cade…

Él le acarició el vientre, la levantó por las caderas y

la colocó sobre su miembro erecto, estremeciéndose de deseo.

–Hay más –dijo él–. Cielos, ¡cómo te deseo! –y la besó de nuevo, devorándole la boca.

Ella se separó de él y le dijo con la respiración entrecortada:

–Te deseo muchísimo, más de lo que he deseado nunca nada… Pero ten cuidado conmigo. Nunca he hecho esto antes, es nuevo para mí.

Cade sintió que el corazón se le paraba un instante.

–¿Qué quieres decir?

–Soy virgen –dijo ella, y se sonrojó–. Debería habértelo dicho antes, pero no encontré el momento adecuado.

–¿Virgen? –preguntó él asombrado.

–Nunca he besado a nadie como te he besado a ti. Y el resto… ¿Por qué me miras así?

–¿Por qué no me lo contaste el día de la ópera? Estuvimos hablando de nuestros pasados, y yo te hablé de las mujeres con las que había salido.

–Tenía que haberlo hecho, lo sé. Pero tenías mucha experiencia y yo ninguna. Cero. No tiene importancia, Cade, no es como si hubiera hecho algo vergonzoso. Justo lo contrario.

Él se estiró y agarró la ropa. Después, se puso en pie y tiró de ella para que se levantara.

–Toma, vístete.

–¿Qué dices? No quiero.

–Esto no va a continuar, ya hemos llegado demasiado lejos.

–¡No me trates como a una niña!

–Yo no me acuesto con vírgenes –dijo él con frialdad–. Las mujeres con las que me acuesto conocen el juego.

–Te comportas como si fueras uno de ésos que sólo contratan a gente con experiencia y, sin embargo, la experiencia te la da el propio trabajo. ¿No lo comprendes? Confío en ti. Con mi cuerpo. Con mi persona. ¿Tengo que decírtelo más despacio?

–Como ya sabes, la otra cosa que no hago es comprometerme –dijo él, abrochándose la camisa. Sus motivos eran personales y no iba a compartirlos con Tess–. No mantengo relaciones largas. Cielos, Tess, ¿tengo que repetírtelo? ¿Cómo voy a tener una aventura temporal contigo? Aparte de ser virgen, formas parte de nuestra familia. ¿Qué quieres que diga? «Por cierto, Del, he iniciado a tu nieta en el mundo del sexo mientras estábamos de viaje. No voy a casarme con ella, por supuesto, pero fue divertido mientras duró».

–Del no tiene nada que ver con esto –dijo ella–. Es mi cuerpo. Hago con él lo que quiero.

–Conmigo, no.

Ella pisoteó el suelo con fuerza.

–¿Cómo te atreves a tratarme así, como si no fuera capaz de tomar mis propias decisiones?

La luz de la luna bañaba sus pechos desnudos. Cade sentía frustración. Tratando de contener la rabia que sentía, y consciente de que era desproporcionada, comentó:

–Aparte de todo lo demás, estaría aprovechándome de tu inexperiencia. Cuando te cases querrás…

–¿Casarme? –intervino ella, furiosa–. Después de vivir dieciséis años con Opal y Cory, ¿crees que el matrimonio está en mi lista de opciones?

–Si no lo está, debería estarlo. No puedes permitir que ellos controlen tu vida.

–Lo haré si quiero –dijo ella–. ¿Y tú por qué no quieres casarte, Cade? Del y tu madre se querían… Tuviste un buen ejemplo.

—Demasiado agobiante —dijo él con evasivas—. Demasiado predecible, demasiado soso. Me gusta la variedad.

—Y yo sólo soy una jugadora más.

Cade se puso los pantalones y se metió la camisa por la cinturilla. Tess era diferente. Ése era el problema.

Y además, era virgen.

—Vístete —repitió él.

Tess se encogió de hombros.

—Me he quedado sin argumentos —dijo ella—. Es como golpear los muros del *château* con los puños.

Miró a su alrededor.

—Nunca debimos venir aquí.

Durante un instante le pareció que la expresión de Cade era de dolor. Tess sacó la coraza una vez más. No iba a sentir lástima por Cade Lorimer.

«Ni tampoco voy a sentir lástima por mí misma», pensó mientras se abrochaba los botones de la blusa. No, señor. No pensaba tirar por la borda todas las normas que se había puesto a través de los años para mantenerse a salvo y vivir su propia vida.

A partir del día siguiente, aprendería todo lo posible acerca de cómo gestionar un viñedo, y cuando regresara a Maine, le preguntaría a su abuelo si podía darle un trabajo allí.

¿Preguntarle? De ninguna manera. Le exigiría que le diera un trabajo en el viñedo.

Con la única condición de que no permitieran a Cade Lorimer acercarse al lugar.

«Es una condición en la que haré hincapié», pensó Tess tres días más tarde, cuando el avión aterrizó en

Venecia. En las últimas setenta y dos horas se había concentrado en aprender la información del viñedo. Y durante todo el tiempo, Cade la había evitado asignando su formación a otras personas. Y en los momentos en los que se había visto obligado a hablar con ella, lo había hecho con frialdad y poca educación.

«Debería alegrarme de haberlo visto tan poco», pensó ella, y se desabrochó el cinturón de seguridad.

Sin embargo, no se alegraba. Al contrario, estaba muy triste. Si *La Traviata* le había enseñado el poder del sentimiento, el intento de hacer el amor entre las viñas le había enseñado demasiado sobre el deseo, y sobre su oscura compañera, la frustración.

Seguía queriendo hacer el amor con Cade, perder la virginidad con él. Él era su hombre, algo que ya había descubierto el día en que se encontró con él en la playa de Malagash.

Nada de eso tenía sentido. ¿Por qué iba a querer hacer el amor con el hombre que la había rechazado?

Pero *La Traviata* tampoco tenía mucho sentido.

Lo que menos sentido tenía de todo era la manera en que echaba de menos la compañía de Cade. Su risa, sus cálidas sonrisas, sus caricias. En el *château* había soñado con él cada noche. Sueños cargados de erotismo que la desvelaban y entristecían. A medida que pasaban los días, estaba más triste. Y en aquellos momentos, según se puso de pie, supo que le asustaba su estancia en Venecia.

Pronto descubrió que Cade y ella se alojarían en el lujoso hotel DelMer en una de las pequeñas islas de la laguna. Desde la ventana, Tess podía contemplar la isla de Burano, con sus casitas pintadas de colores y sus barcos de pesca. Obedientemente, acompañó a Cade en el tour por el hotel, aprendiendo cómo funcionaba para conseguir, con poco esfuerzo, un servicio de calidad.

Era interesante, pero no le pareció tan atractivo como el viñedo. Comprobó que, una vez más, Cade trataba a sus empleados con respeto y cariño, un comportamiento que enfatizaba la crueldad con la que él la estaba tratando. Al recordar que él la había tratado como si fuera una niña aquella noche, sintió que la rabia la invadía de nuevo.

Pero era mejor la rabia que la tristeza.

A los dieciséis años, ella había tomado el control de su destino. ¿No había llegado el momento de que lo hiciera otra vez? Lo llevaba claro si él pensaba que ella iba a ser su víctima.

Por la tarde, cuando hicieron un descanso, le dijo a Cade:

—Estoy saturada. Hoy no puedo más… ¿Podrías contratar un paseo en góndola por el Gran Canal?

—Yo puedo llevarte en una motora a sitios mucho más interesantes.

—Mañana, quizá. Ahora me gustaría ser una turista más. No hace falta que vengas —añadió con sarcasmo—. No quiero aburrirte.

Él no podía negárselo después de lo mucho que había trabajado durante los últimos cuatro días. Además, no había sacado el tema de lo que sucedió aquella noche, bajo la luz de la luna, ni una sola vez. Sólo por eso, se merecía una docena de viajes en góndola.

—Iré —dijo él con brusquedad—. Cenaremos en un pequeño restaurante que conozco cerca del Puente de Rialto. Podrás probar el vino italiano, para variar.

«La suerte está echada», pensó ella conteniendo un escalofrío. ¿Es que no sabía que Cade la acompañaría? Para cuidar de ella. Conteniendo una risita nerviosa, se preguntó si tendría el valor de seguir adelante con su plan.

El riesgo era astronómico, la posibilidad de éxito… Tess no tenía ni idea de si tendría éxito, o de cuál sería el coste en el caso de que lo tuviera.

Pero no podía continuar de aquella manera.

Capítulo 9

EN LA HABITACIÓN del hotel, Tess sacó uno de sus vestidos del armario. Era largo, holgado y muy femenino. Era de color mandarina, y sexy sin pretenderlo. Sus sandalias tenían piedras incrustadas y ella se había puesto unos pendientes a juego. También se había maquillado para resaltar sus ojos, se había recogido el cabello y se había pintado los labios.

«No soy la típica mujer con las que sale Cade, y sé que me desea. Recuérdalo», se dijo, y después de respirar hondo varias veces, salió de la habitación y bajó por la escalera hasta el recibidor.

Como siempre, su belleza impresionó a Cade al instante. Más de un hombre se había vuelto para mirarla y a él no le había gustado. Se acercó a ella y le dijo:

—He encontrado este chal en la boutique. Puede que haga frío en el canal.

El chal era de lana de calidad, y su color crema hizo que a Tess le recordara los muros del *château*.

—Es precioso. Gracias —dijo ella.

Sharon habría mirado con altanería un regalo tan sencillo. Pero Tess se había puesto el chal y acariciaba su tela. «No es para ti», pensó Cade. «Es virgen».

Cuando llegaron a la góndola que Cade había reservado, el gondolero iba vestido con camiseta de rayas y sombrero de paja.

Durante el paseo, Cade parecía más tranquilo que nunca y ella se alegraba de haber sugerido el paseo.

Mientras el gondolero cantaba en italiano, contemplar la maravillosa arquitectura veneciana calmaba el nerviosismo de Tess. Después de todo, no tenía que poner el plan en marcha hasta después de cenar.

–Lo estoy pasando de maravilla, Cade –dijo ella–. El canal es precioso. Y muy romántico.

–Huele mal.

–Tienes alma de hombre de negocios.

–Soy un hombre de negocios –le dedicó una de sus escasas sonrisas y sacó un ramo de rosas amarillas de detrás del asiento–. Entonces, ¿tiro estas flores? Mi intención era que fueran un antídoto contra el mal olor.

–¿Has pedido que te las trajeran aquí? –dijo ella, y acercó la nariz a las flores–. Es todo un detalle por tu parte.

De pronto, ella había pasado de ser la mujer de negocios de los últimos días a la mujer deseable que había estado a punto de seducir en el viñedo. Cade sintió que el deseo invadía su entrepierna. Furioso consigo mismo, señaló un palacio del siglo XII y le contó a Tess un poco de su historia. Pero ella seguía agarrando las rosas y rozando sus pétalos con la mejilla.

Al ver que habían llegado a su destino, Cade se sintió aliviado. La góndola golpeó contra el muelle. Ellos se bajaron y pasearon por una calle llena de gente hasta el restaurante. Cade había elegido uno pequeño e íntimo. «Gran error», pensó al ver cómo las velas iluminaban el rostro de Tess. Después de elegir lo que iban a comer, Cade comentó:

–El gondolero agradeció que le dieras las rosas.

–Cuando me dijo que su esposa estaba embarazada, quise hacer algo por él... ¿Te ha molestado?

Él negó con la cabeza. La mujer inexperta con la que había estado a punto de hacer el amor, era muy generosa. Cade trató de no pensar en ello. Un día más en el hotel de Venecia y regresarían a casa. Quizá allí, conseguiría mantenerse alejado de ella con más facilidad.

Y si empeoraba la situación, llamaría a Cecilia. O a Jasmine. O a Marylee.

El vestido resaltaba los pechos de Tess. Cade decidió mirar a otro lado porque estaba desesperado por acercar el rostro a su escote. La brisa del canal la había despeinado, y, cuando sonreía al camarero, sus ojos verdes brillaban como joyas.

¿Desesperado? ¿Cuándo había estado desesperado por una mujer?

Quizá la abstinencia estaba afectándole al cerebro.

Hasta entonces, siempre había conseguido lo que se había propuesto.

Hasta entonces, siempre había mantenido el control.

–Pareces tenso –dijo Tess.

Sobresaltado, Cade regresó al presente.

–Lo siento –dijo él–. ¿Cómo está la ensalada?

–Deliciosa –dijo ella–. La salsa está para morirse.

«Tú eres la que está para morirse», pensó Cade y durante un instante pensó que lo había dicho en voz alta. Tratando de mantener la compostura, comenzó a hablar sobre sus experiencias en Venecia, cuando trataba de conseguir los permisos para reformar el hotel.

Para alivio de Cade, Tess no quiso tomar postre. Él pagó la cuenta y enseguida se dirigieron a la motora que los devolvería al hotel. «Media hora», pensó él. «Puedes aguantarte el deseo treinta minutos más».

El ruido del motor no facilitaba la conversación. Pero la luz de la luna, la misma luz que había iluminado sus senos en el viñedo, se reflejaba en la laguna. Al menos él estaba sentado frente a ella, porque no habría podido soportar sentir el roce de su muslo contra el suyo.

Nunca en su vida se había alegrado tanto de llegar a uno de sus hoteles. Apretando los dientes, la acompañó a la planta superior. Allí estaba la suite que ocupaba Tess, junto a la de Cade, y desde ambas había una vista preciosa de la ciudad.

–Te veré mañana –dijo él.

–Te estaré esperando –contestó ella, y le dedicó una sonrisa enigmática.

En su habitación, Cade se quitó la corbata, se dio una ducha fría, se puso unos pantalones de chándal y encendió el televisor. Ya que no conseguiría dormir, al menos practicaría el italiano.

Cinco minutos más tarde, justo después de que se hubiera servido una copa de vino de la Toscana, llamaron a la puerta con suavidad.

Cade no había pedido nada al servicio de habitaciones y no esperaba a nadie del hotel. Asombrado, miró por la mirilla.

Tess estaba en el pasillo.

Rápidamente, Cade abrió la puerta.

–¿Ocurre algo?

–¿No vas a invitarme a pasar?

Tenía las mejillas pálidas y los ojos bien abiertos. Él la agarró del brazo, la metió en la habitación y cerró la puerta.

–¿Estás enferma, Tess?

Ella llevaba un largo batín blanco. Debajo, un camisón que le llegaba a media pierna. Era casi transparente y nada virginal. Un hombre podía volverse loco sólo con ver su escote.

–Si no te encuentras bien, puedo llamar al médico del hotel.

–Estoy harta de ser virgen, eso es todo lo que me pasa, y eso es lo primero que tengo que decir.

–Te llevarás el primer premio por tu iniciativa, eso te lo aseguro. ¿Qué más has de decirme? –preguntó Cade con cierta presión en el pecho.

–No te atrevas a reírte de mí. Estoy muerta de miedo.

Cade se percató de que seguía agarrándola del brazo y la soltó de golpe.

–¿Te apetece un vaso de Fontarollo?

–Mi plan es mantenerme completamente sobria. He venido a seducirte.

–Has elegido el camisón adecuado –dijo él con maldad–. ¿No recuerdas que te rechacé?

–Por supuesto. Pero he tenido tres días para pensar en tus motivos, empezando por Del. Nunca le diré que perdí mi virginidad contigo, y no veo por qué ibas a decírselo tú, así que queda fuera de juego. Ésa es la segunda cosa de mi lista.

–¿Y cómo de larga es la lista?

Ella entornó los ojos.

–Quiero seducirte. Y tú quieres acostarte conmigo, lo sé. Ésa es la tercera, seductora y seducida.

–A lo mejor soy yo quien hace de seductor –dijo él con voz suave y peligrosa.

Ella se sonrojó.

–Nunca pensé que esto sería tan difícil –dijo ella–. Después de todo, puedes servirme una copa de vino.

Cade le sirvió una copa de vino tinto y se la entregó.

–Estás jugando con fuego, Tess. Lo sabes, ¿verdad?

–Desde luego no noto nada de romanticismo –bebió un gran trago de vino y dejó la copa sobre la mesa–. Del ya no es un problema. Tú no estás saliendo con nadie más. Y a los veintidós años, ¿no te parece buena edad para jugar con fuego?

–No me casaré contigo –dijo él.

–Aventura amorosa versus compromiso –dijo ella, confiando en aparentar estar más segura de lo que estaba–. Ése es el número cuatro en la lista. Ésta será una aventura veneciana. Dulce y corta. No quiero matrimonio, ni nada que se le parezca, eso ya te lo he dicho. Libertad, independencia y mucho espacio para mí, eso es lo que necesito. No quieres casarte ni tener una relación a largo plazo porque te parece que puede ser aburrido y demasiado predecible. Estamos completamente de acuerdo.

–Si tu libertad consiste en que puedes seducir a otros seis hombres aparte de mí, no hay trato.

–¿Estás loco? –preguntó boquiabierta.

–No. Mientras seamos amantes, suponiendo que eso sea lo que va a suceder, te seré fiel. Y espero lo mismo de ti.

–Bueno, por supuesto –entornó los ojos–. Aunque hablas como si nuestra aventura fuera a durar más de dos días.

–¿Quién sabe? –dijo él–. Quizá tengamos que prolongar nuestra estancia en Venecia.

–Indefinidamente, no. No podemos.

Él arqueó una ceja.

–Por otro lado, a lo mejor decidimos marcharnos mañana mismo.

–¿Estás jugando conmigo? –preguntó ella frunciendo el ceño.

–Es un concepto delicado… Una aventura veneciana. Y podría extenderla hasta convertirla en una aventura en Adelaide, y aunque admito que no suena igual de bien, no dudo que también me gustaría.

–¡No quieres compromiso!

–Quiero fidelidad –dijo él–. Y cuando uno de los dos decida terminar esta aventura, lo dirá. Sin rodeos. Independientemente de que suceda en Venecia, Adelaide o Tierra de Fuego.

–Ya estás haciendo de jefe otra vez.

–Soy yo quien tiene la última palabra, así es como funciono. Así que ahora es mi turno de hacer preguntas. Eres virgen. Me imagino que habrá habido hombres en tu vida, y que por algún motivo no permitiste que se acercaran a la primera base…

–No soy un partido de béisbol… ¡Soy una mujer!

–Soy muy consciente de que eres una mujer. ¿Por qué yo? ¿Por qué ahora?

–Eso son dos preguntas –dijo ella.

–Así es –repuso Cade, y esperó a que contestara.

Ella tomó otro trago de vino. Se cruzó de brazos y dijo:

–Llevo sin perder el control casi toda mi vida, supongo que porque de pequeña no tenía control alguno. Pero cuando tú y yo estamos cerca, el control cae en picado. Jamás había sentido deseo por un hombre, hasta que te conocí –hizo una mueca–. Qué tontería, ¿verdad? Pero si se lo dices a alguien, te mato. Cade, lo que yo siento es lo más fuerte que he experimentado nunca. Y quiero actuar al respecto. Ahora. Contigo.

–Aunque estés muerta de miedo.

–Supongo que sí.

–¿Aceptas mis condiciones? Fidelidad, nada de compromiso, y cuando llegue el momento, un final tranquilo.

–¿Siempre eres así de frío?

–Sí –dijo él–. Lo soy. A la larga me evita problemas.

–Muy bien, acepto.

–Entonces, ¿a qué estamos esperando?

Se acercó a ella, la tomó en brazos y la estrechó contra su pecho.

–Ven conmigo.

Ella se puso tensa y Cade sintió admiración por el valor que mostraba. De él dependía que se relajara y, de pronto, se percató de que deseaba que Tess disfrutara acostándose con él.

Era su primera vez.

Atravesó el salón hasta su dormitorio y la dejó en el suelo junto a la cama.

–Túmbate, Tess –le dijo después de retirar la colcha–. Enseguida estaré contigo.

Ella se sentó en el borde de la cama. Él se dirigió al baño y regresó con un par de preservativos en la mano.

–Oh, cielos –dijo Tess–. No había pensado en eso.

–Entonces, está bien que lo haya hecho yo –dijo Cade. Encendió todas las velas que había en el dormitorio y cerró la puerta.

Se acercó a la cama y se sentó junto a ella. Tess sujetaba el batín contra su pecho.

–Soy yo la que ha provocado todo esto –soltó–. No sé por qué estoy tan asustada.

–Nunca has estado con un hombre, ¿cómo no ibas a estar asustada?

–Si me besas, seguro que me encuentro mejor –le dijo con voz temblorosa.

–Tienes el valor de diez leones –dijo Cade, y agachó la cabeza para besarla.

Ella cerró los ojos y sintió las manos de Cade sobre los hombros. Con un susurro de rendición, ella apoyó las manos sobre su torso y, al sentir el calor de su piel, el deseo se apoderó de ella.

–Estoy donde quiero estar –murmuró ella contra la boca de Cade–. Aquí. Contigo.

–Ahora mismo, no me gustaría que estuvieras en ningún otro lugar –murmuró él, y continuó devorándola con la boca.

Ella se volvió, se sentó sobre el regazo de Cade y se quitó el batín. Deseaba sentir el tacto de su piel, y que él le acariciara los pechos. Como si le hubiera leído el pensamiento, él le cubrió los senos con las manos y jugueteó con sus pezones hasta que ella echó la cabeza hacia atrás, gimiendo su nombre.

–Eres tan bella... –dijo él.

Tess le rodeó el cuello con los brazos. El cuerpo con las piernas, y sintió su miembro erecto entre los muslos. Él la deseaba. ¿Lo había dudado alguna vez? Estremeciéndose, susurró:

–Tenemos puesta demasiada ropa.

–Mira hacia abajo –dijo él.

Cade le estaba acariciando el pecho a través del camisón transparente, Tess vio su piel de color marfil, y su areola un poco más oscura. Una vez más, se estremeció, preguntándose si podría morir de tanto placer.

Levantó los brazos y permitió que él le quitara el camisón. Cade le acarició los senos con la lengua y ella arqueó el cuerpo y lo agarró por la cintura. Despacio, le bajó los pantalones y rodeó su miembro erecto con los dedos.

Él hizo una mueca y dijo:

–Me vuelves loco.

–Yo…

Él la miró a los ojos.

–Tess, conmigo eres libre… Haz lo que quieras hacer.

–¿Hacer el amor puede ser otro tipo de libertad?

–Para ti, ahora, puede serlo –contestó él.

–Nunca había tocado a un hombre de esta manera. Nunca había estado desnuda ante un hombre.

Cade sintió una pizca de temor y trató de ignorarla. Agarró la mano de Tess y la besó en la palma. Después, continuó besándole la muñeca.

–¿Te gusta lo que estamos haciendo?

–¿Que si me gusta? Oh, Cade, nunca imaginé que hacer el amor fuera algo así. Tan maravilloso, tan poderoso…

–No hemos hecho más que empezar –dijo él. Se tumbó sobre la cama sin separarse de ella, se quitó los pantalones y se colocó de nuevo al lado de Tess.

«Es magnífico», pensó Tess. Excitado. Y tan concentrado en ella que la hacía estremecer.

Cade la besó de nuevo, una y otra vez. Después se colocó sobre ella y la besó en el cuello. En sus pezones turgentes.

Ella arqueó el cuerpo y le acarició la espalda mientras él le separaba las piernas con el muslo. Con sus delicados dedos le acarició la parte húmeda y cálida de la entrepierna, hasta que se convirtió en algo insoportable y ella comenzó a moverse de manera rítmica, hasta llegar al clímax.

Poco a poco, consiguió recuperarse.

–Lo has hecho otra vez –susurró ella, acariciándole el cuerpo y el vello de su torso–. Pero quiero más. Quiero sentirte dentro de mí, Cade. Saber cómo es… ¿Me lo vas a enseñar?

«No hay barreras», pensó él. «Sólo confianza». Y sintió de nuevo una pizca de temor.

Tratando de contenerse, y deseando que estuviera preparada para cuando la penetrara, le acarició todo el cuerpo una vez más. Con las manos. Con la boca. Y cuando empezaba a volverse loca de deseo, se puso el preservativo y se colocó entre sus piernas.

Ella lo agarró por la cintura y separó los muslos. Él

empujó despacio y vio que ella ponía un gesto de dolor.

—No quiero hacerte daño —susurró permaneciendo muy quieto.

Tess arqueó el cuerpo para recibirlo por completo.

—No me harás daño. No me está doliendo. Cade, hazme el amor, por favor…

Él la penetró una y otra vez, hasta que sus inexpertos movimientos lo llevaron al límite. Entonces, esperó a que ella sintiera lo mismo, hasta que oyó sus gemidos entrecortados, y notó que estaba a punto del orgasmo. Cade tampoco podía aguantar más. Mirándola a los ojos, se dejó llevar y provocó que ambos llegaran al clímax.

Intentando no cargar todo su peso sobre el cuerpo de Tess, apoyó la cabeza en su hombro.

—¿Estás bien? —le preguntó, y levantó la cabeza para ver su respuesta.

Ella le sujetó el rostro y con una sonrisa radiante contestó:

—Me siento… Oh, Cade, ¿qué palabras puedo emplear? Unida a ti. Saciada. Ligera como el aire, alegre como el arco iris —se rió—. Me siento de maravilla, estupendamente.

—Eres muy buena para mi ego —dijo él.

—Te has ocupado de mí. Me has esperado y te has asegurado de que estuviera preparada. Gracias por todo, porque sé que te ha costado. Se notaba.

—Se suponía que no deberías haberte dado cuenta —dijo él.

—La próxima vez no quiero que te contengas.

—Supongo que podemos llevarlo a la práctica dentro de cinco minutos, ¿qué te parece?

—Oh —dijo ella, y se sonrojó—. ¿De veras? ¿Tan pronto?

–Tan pronto.

–¿Todavía me deseas? Quiero decir, no he sido…

–Ha sido perfecto –dijo él–. Y dentro de unos minutos te demostraré cómo te deseo.

Ella soltó una carcajada.

–¡Me encanta estar en la cama contigo!

–Bien. Porque pienso pasar aquí las próximas horas. No tengo reuniones hasta mañana al mediodía, y estoy seguro de que el hotel se las puede arreglar sin mí durante la mañana –la soltó y dijo–: Vuelvo enseguida.

En el baño, Cade se miró en el espejo. «La misma cara», pensó. «El mismo cuerpo». Pero algo era diferente. En la cama de la habitación, junto a la mujer de cabello castaño, se había trasladado a un nuevo lugar.

La generosidad de Tess, aunque tímida e inexperta, era parte de su esencia. No tenía nada que ver con el hecho de que él fuera rico. Tess había reaccionado ante él, y no ante sus millones. Para Cade, hacer el amor de esa manera, también había supuesto la primera vez. La primera vez que había sido capaz de confiar plenamente en la pasión de su compañera de cama.

¿No era eso lo que, en el fondo, siempre había deseado? Respiró hondo un par de veces para tratar de tranquilizarse. Estaba seguro de una cosa: la aventura veneciana iba a trasladarse a Venezuela y a Australia, incluso a Maine. Aburrirse de Tess Ritchie, podría costarle una buena temporada.

No había terminado con ella.

Y todavía le quedaba mucho por hacer.

Capítulo 10

CADE y Tess se quedaron dos días más en la isla de la laguna veneciana. Mientras guardaba la ropa en la maleta el día que se marchaban, Tess supo que no estaba preparada para marcharse. Cade estaba en el baño, afeitándose, y ella podía verlo desde la puerta. Desnudo hasta la cintura. Esbelto, musculoso, sexy.

Y cuando se marcharan de allí, ¿terminaría su aventura?

Cade se agachó sobre el lavabo y, al verla reflejada en el espejo, sonrió. Tess sintió que se le encogía el corazón. Debía terminar con aquello en ese mismo instante, antes de que le afectara demasiado.

Agarrando el camisón blanco que se había puesto la primera noche, dijo:

—Hemos pasado mucho tiempo en la cama durante los dos últimos días.

Él sonrió.

—Habla con precisión. Hemos pasado mucho tiempo haciendo el amor. Y ocasionalmente, hemos conseguido hacerlo en la cama.

—En la bañera llena de espuma. En la alfombra, casi debajo de la mesa. Contra la pared de esta habitación, y casi tiramos el cuadro.

—Nunca me gustó ese cuadro.

—¿Dónde no hemos hecho el amor?

—¿En el recibidor? —dijo Cade con una pícara sonrisa.

—Una chica tiene que poner el límite en algún sitio.

Él se rió, entró de nuevo en la habitación, la agarró por la cintura y bailó con ella sobre la alfombra. Tess recordó cada detalle de cómo se había sentado a horcajadas sobre él…

Cade se detuvo junto al sofá y la miró de arriba abajo.

–Estás para comerte –le dijo, y la besó.

–¿Es éste nuestro último beso?

–¿De qué estás hablando?

–Nos vamos de Venecia.

–¿Estás diciéndome que quieres que termine nuestra aventura?

–¿Y tú?

–¿Dónde diablos has estado durante los dos últimos días? –dijo él con exasperación.

–Los hombres tienen relaciones sexuales sin implicación emocional. Lo he leído en los libros.

–Eso es un estereotipo –dijo Cade– Te acuso de sexismo. Oh, Tess, me has desilusionado –dijo él, con una sonrisa.

Ella lo miró.

–¡Deja de reírte de mí!

–¿Crees que quiero que esto termine?

–Supongo que no.

–Buena deducción –dijo él–. Si acaso, te deseo más que hace dos días.

Ella se sonrojó y dijo:

–Yo también. Pero ahora regresamos a casa, no podemos…

–Podemos hacer lo que queramos. Somos adultos.

–¿La continuación de una aventura veneciana?

–Eres rápida –dijo él–. Tenemos que parar en otro hotel DelMer antes de regresar a Estados Unidos. Pero no nos llevará mucho tiempo. Después volaremos directamente a Kentucky.

–¿A Kentucky? –preguntó asombrada–. Pensé que primero iríamos a Manhattan. O a Maine.

–Del me cedió la granja de caballos purasangre hace unos años. Acabo de enterarme de que los vecinos más cercanos van a hacer una fiesta el fin de semana. Será una buena oportunidad para presentarte en sociedad.

–¡Gracias por consultarme primero!

–No tuve tiempo –dijo él–. ¿Has terminado de hacer las maletas? Tenemos que irnos.

–Siempre podemos cancelar la segunda parte de nuestra aventura veneciana.

–¿Sí? –dijo él, y la besó en los labios de forma apasionada.

La acorraló contra una mesa antigua. Tess lo agarró por el trasero y lo atrajo hacia sí para sentir su miembro erecto contra el cuerpo, preguntándose cómo se le había ocurrido la posibilidad de terminar con aquella aventura que la llenaba en cuerpo y alma.

De pronto, Cade se retiró con brusquedad.

–La motora estará en el muelle en menos de diez minutos –dijo él–. Te veré en el recibidor.

Salió de allí y cerró la puerta. Tess blasfemó y metió el camisón en la maleta. Aquella relación sólo consistía en sexo. No tenía nada que ver con el alma. Y no debía olvidarlo.

Entró en el baño y se retocó la pintura de los labios. Sus mejillas estaban sonrosadas y llevaba la blusa por la cintura.

¿Qué le estaba pasando?

Tess no se enteró de adónde iban hasta que el jet de Cade aterrizó en el aeropuerto de Barajas.

–¿A Madrid? ¿Por qué venimos aquí? –preguntó rompiendo el silencio que habían mantenido desde el despegue.

–El hotel tiene problemas de personal. Prefiero solucionarlos en persona y no vía fax.

Madrid. El lugar donde ella había nacido y donde había vivido los primeros cinco años de su vida. Sin saber lo que sentía por haber regresado allí, Tess permaneció en silencio durante el trayecto a la ciudad.

Como siempre, Cade fue recibido con cariño y respeto. Tras una pequeña conversación con el director, Cade se volvió hacia Tess y dijo:

–Hay una sala privada junto al recibidor. Tomaremos un aperitivo allí antes de empezar a trabajar.

Ella lo siguió y pensó que no estaba preparada para tratar problemas de trabajo. Cade abrió la puerta de la sala y la dejó pasar. Ella entró, y se detuvo de golpe.

Una mujer vestida con un traje gris estaba de pie sobre una alfombra persa. Era de mediana edad y tenía el cabello recogido en un moño. Al verla, Tess se puso pálida y, agarrándose al pomo de la puerta, exclamó:

–¡Bella! Pero si… Me dijeron que estabas muerta.

–Eran perversos, egoístas y crueles –dijo la mujer–. Ojalá se pudran en el limbo. O se quemen en el infierno –con una sonrisa, añadió–: Estoy viva, ya lo ves.

–¿Eres tú? ¡No puede ser!

Entonces, la mujer sonrió de nuevo y Tess recordó aquella sonrisa llena de amor que siempre le había dedicado cuando era pequeña.

–Has crecido mucho –dijo Isabel.

–Oh, Bella… –Tess atravesó la habitación y se lanzó a sus brazos.

–Te habría reconocido en cualquier sitio –dijo Isabel–. Siempre supe que serías preciosa, y me preocupaba tanta belleza.

–Usas el mismo perfume –dijo Tess.

–Querida –murmuró Isabel–. Cuando fui a vuestra casa y descubrí que os habíais marchado sin decir adónde ibais, me quedé destrozada. Intenté buscarte. Te eché de menos. Muchísimo.

Tess la miró y le dijo:

–Lloré durante días, hasta que Cory me dijo que habías muerto. Yo lo creí, ¿por qué no iba a hacerlo? Pero no debería haberlo hecho.

–Cory Lorimer podría haber dicho que el cielo es verde y todo el mundo lo habría creído –dijo Isabel, secándose las lágrimas–. Era su único talento.

–Pero… ¿Cómo has llegado hasta aquí? ¿Cómo sabías que yo estaría aquí hoy?

–El señor Lorimer –dijo Isabel, mirando a Cade–. Contactó conmigo hace tres días y me dijo que te traería a Madrid si yo quería volver a verte –arqueó las cejas–. ¿Verte? ¡Por supuesto que quería verte! Me puse tan contenta, Tess. Muy contenta.

Cade se movió junto a la puerta y Tess se volvió para mirarlo. Él se fijó en que su rostro brillaba de felicidad, pero se percató de que ni siquiera el hecho de estar frente a la mujer que quería, y a la que daba por muerta, la había hecho llorar. ¿Por qué tenía miedo a las lágrimas?

–No me costó demasiado. Sólo tuve que contratar a un par de detectives.

–No podrías haberme hecho mejor regalo –dijo Tess–. Cualquiera que tenga tarjeta de crédito puede comprar esmeraldas. O diamantes. Pero encontrar a Isabel… Gracias, Cade. Gracias de todo corazón.

–Tess, nos hospedaremos en la suite de la última

planta. ¿Por qué no pasas el día con Isabel? Puedes utilizar la limusina que está en la puerta del hotel. Después, cenaremos todos juntos y mañana, tú y yo, regresaremos a Estados Unidos.

–La respuesta apropiada para cuando alguien te da las gracias es *de nada*.

–De nada –dijo él.

Y pensó en lo mucho que le gustaría compartir la vida con ella.

Estaba perdiendo la cabeza. E Isabel los miraba con un brillo especulativo en la mirada. Cade se despidió rápidamente y salió de la habitación para enfrentarse a los problemas de mucha más fácil solución que tenía en el hotel.

Sí, estaba huyendo. ¿Y qué?

A las nueve y media de la noche, Tess e Isabel estaban de pie cerca de la puerta del hotel. El chófer de la limusina estaba esperando para llevara a Isabel a su pequeño apartamento. Tess y ella habían comido allí.

–Buenas noches –dijo Tess, rodeándola con el brazo–. Ha sido un día maravilloso, Isabel. Y vendrás a visitarme en octubre, ¿no es así?

–Si Dios quiere… Buenas noches, querida –Isabel se subió a la limusina y se despidió de Tess con lágrimas en las mejillas.

Tess entró en el hotel. Sabía muy bien lo que iba a hacer, y también que Cade estaría ocupado media hora más.

Arriba, en la habitación, colocó la *chaise longue* mirando hacia la puerta. Se dio una ducha, se puso crema y se pintó de color rojo las uñas de los pies. Finalmente, sacó la bolsa que había empaquetado por separado en Venecia, se puso su contenido y esperó tumbada en la *chaise longue*.

No le quedaba más que esperar.

Fuera de la habitación, Cade se quitó la corbata y abrió la puerta.

Sintió que le daba un vuelco el corazón. Cuando cerró la puerta, la luz de montones de velas inundaba la estancia.

–Vaya –dijo él–, ¿debería llamar a los de seguridad y decirles que hay una extraña en mi habitación? Aunque pensándolo bien, ese cuerpo me resulta familiar.

Tess soltó una carcajada. Llevaba puesta una máscara de carnaval y una redecilla de color rojo alrededor del cuello. También se había colocado un abanico de color dorado y rojo de manera estratégica, sobre el pubis.

Por lo demás, estaba completamente desnuda.

–Bonitas uñas –dijo él, y la miró un instante–. Los pechos tampoco están mal.

Ella levantó el abanico y lo movió frente a la máscara.

–¿Quizá debería ser yo la que llame a seguridad? ¿O me anticiparía si les dijera que corro un grave peligro? De ser seducida, por supuesto.

Él tiró la corbata sobre la mesa de caoba y se quitó la camisa. Después, se desabrochó el cinturón.

–Me temo que tienes cinco segundos para hacer la llamada.

–Puedo esperar. Un poco de peligro anima la vida –susurró ella.

Cade se quitó los zapatos y los calcetines, dejó caer los pantalones al suelo y se quitó la ropa interior. Muy excitado, se acercó a la *chaise longue*, se arrodilló junto a Tess y acercó la boca hasta la curva del arco de su pie.

Su piel olía de maravilla. Tomándose su tiempo, le acarició el tobillo, y fue subiendo poco a poco. Ella susurró su nombre. Le separó las piernas e introdujo un dedo en el centro de su feminidad. Tess arqueó el cuerpo de manera erótica.

Empezó a gemir y a mover las caderas. Rápidamente, él se colocó sobre ella y la penetró. Una y otra vez, hasta que empezó a volverse loco y ambos alcanzaron el clímax a la vez.

—Has terminado conmigo —dijo él, con la frente sudorosa.

—Tengo que quitarme la máscara —dijo ella, tratando de recuperar la respiración.

—¿No soportas el calor? —la ayudó a retirar la máscara.

Ella sonrió y dijo con timidez:

—Quería sorprenderte.

Él soltó una carcajada.

—Lo has conseguido. He olvidado todos los problemas del hotel.

—Quería complacerte —añadió ella.

—Y lo has hecho —dijo él, mirándola sin verla. Ella lo complacía de manera inimaginable. ¿Y qué significaba eso?

—No sé cómo agradecerte lo que has hecho hoy —dijo ella—. Por haberme traído a Isabel.

Él le acarició un pezón con la lengua, y la miró:

—Entonces, ¿esto tiene que ver con el agradecimiento?

—No sé con qué tiene que ver —dijo ella, y le retiró un mechón de cabello oscuro de la frente—. Pero quería ofrecerte algo a cambio por lo que has hecho hoy. No algo comprado en una tienda. Eso es muy fácil, y ya tienes todo lo que necesitas.

–Podemos ir a la cama. Ahora soy yo el que corre peligro… Estoy a punto de caerme.

–La *chaise longue* no está diseñada para dos. ¿Por qué me da la sensación de que no te gusta el agradecimiento?

Él sonrió.

–Porque no me gusta. Diablos, Tess, por supuesto que hice lo posible por encontrar a Isabel. Tendría que tener un corazón de piedra para no haberlo hecho. Ella es la única persona que has querido.

–Era el mejor regalo que podías haberme hecho –sonrió–. Me alegro de que te gustara mi máscara.

–Fue el abanico lo que pudo conmigo –se puso en pie y la tomó en brazos–. A la cama –le dijo–. ¿Hay alguna vela que pueda provocar un incendio?

–Vamos a provocarlo tú y yo –dijo ella, y le acarició los labios.

Inmediatamente, él sintió que el deseo se alojaba en su entrepierna. Decidió que al día siguiente le compraría esmeraldas, porque quería hacerle el amor con un collar de esmeraldas puesto.

¿Algún día se saciaría de ella?

Llegaría un día en que eso sucediera. O quizá ella se saciara antes. Así funcionaba el juego.

Algo inevitable.

Capítulo 11

AL DÍA siguiente, Tess se enamoró.

Cypress Acres era una larga extensión de verdes praderas donde pastaban los caballos. Ella los observaba desde una de las vallas, como si estuviera hipnotizada. Cuando Cade se acercó a ella, le dijo con voz soñadora:

–Había decidido que quería trabajar en el *château*, pero ahora quiero trabajar con los caballos y aprenderlo todo acerca de ellos.

–Puedes hacer ambas cosas –dijo él.

–Son preciosos.

–¿Has montado alguna vez?

–No.

–Te daré una clase antes de cenar. ¿Quieres ver los establos?

–Sí.

–Deja que vaya primero para asegurarme de que no están los perros.

–¿Cuántos perros hay?

–Tres. Son pastores alemanes de raza. Están muy bien entrenados.

–Yo te espero aquí –dijo ella, con una extraña expresión.

Cuando Cade le indicó que pasara, ella entró en el establo y acarició a todos los caballos, uno por uno. También conoció a Zeke, el mozo de cuadra.

Diez minutos más tarde recibió su primera lección de monta con el ayudante de Cade. Él aprovechó para entrar en la casa y llamar a Tiffany´s.

Cuando regresó con los pantalones y las botas de montar, Tess estaba en el picadero mientras Zeke supervisaba la clase.

–Tiene buena mano –le dijo Zeke a Cade–. He pensado en subirla en Arabesque.

–Buena elección. Lo creas o no, nunca se había acercado a un caballo.

–Ella escucha y no olvida lo que le has dicho.

–Un buen elogio.

–Veremos si tiene aguante.

–Me temo que sí –dijo él, pensando en el aguante que tenía en otras actividades.

–¿Vas a llevarte a Galaxy?

–Cuando Tess termine la clase. Si puedes mantener a los perros alejados de ella, te lo agradecería. Les tiene fobia.

–Sólo los suelto por la noche. Pero podemos presentárselos.

Cuando metieron al caballo de Tess en el establo, Cade se acercó a ella y le dijo:

–Tess, tienes que conocer a los perros, sólo por si te cruzas con ellos sin querer. Están entrenados, y cuando sepan que vives aquí ya no te molestarán. Zeke y yo estaremos aquí… No tendrás que preocuparte por nada.

Ella se mordió el labio inferior.

–Está bien –contestó.

–Zeke, ¿quieres hacerlos pasar? –preguntó Cade.

Al ver a Zeke con los tres perros atados, ella retrocedió.

–Estás a salvo –dijo Cade–. No permitiré que te suceda nada.

–Deja que te huelan –dijo Zeke–. Spirit, Tex, Ranger… Amiga. Es amiga. ¿Bien?

Los perros movieron la cola. Entonces, Zeke se volvió y se llevó a los perros.

–¿Ya está? –murmuró ella.

–Y pensar que una vez te llamé cobarde. Me deberían haber matado.

Ella lo miró y dijo:

–¿Comentaste algo de una clase de montar a caballo?

–Cuando quieras.

Tess montó una yegua llamada Arabesque, y cuando terminó la clase era experta en colocarse sobre el caballo.

–¿Podemos dar otra clase mañana? –preguntó con una sonrisa radiante.

–Mañana estarás dolorida.

–¿Tratas de escaquearte?

–A las diez en punto, después de que hayas limpiado tres establos y pulido un par de monturas. Por la tarde, te daré un curso rápido sobre la cría de purasangres.

–Eres un esclavista –dijo ella, y metió a Arabesque en el establo. Se despidió de Zeke y siguió a Cade hasta la casa.

Cuando Cade abrió la puerta, ella dijo:

–Tienes muy buena relación con Zeke, bueno y con todos tus empleados. No pega con tu papel de jefe.

Él soltó una carcajada.

–Trabajé en un rancho de ganado en Argentina, y en otro en Montana. Sé lo que es cuidar de los animales de otros.

–¿Ah, sí? ¿Cuándo? ¿Y por qué?

–Cuando tenía veinte años, viajé durante dos años con una mochila por el mundo. Sólo tenía el dinero que me ganaba trabajando. Hice todo tipo de cosas. Por eso aprendí a tratar a los empleados.

–En Maine te acusé de vivir en una torre de marfil. Lo siento.

–Las torres de marfil deben de ser un lugar muy aburrido para vivir. ¿Te apetece darte una ducha y cenar después?

–Por supuesto. En Madrid son las once y media.

–Ducha, cena y a la cama –dijo él–. A lo mejor deberías dormir sola esta noche. «Dormir» es la palabra clave. Ha sido un día largo.

–¿Estás tratando de romper conmigo de forma delicada?

–¿Romper?

–Nuestra aventura.

–¡Lo único que quiero es que duermas bien una noche!

–¿Así que la hemos convertido en una aventura trasatlántica?

–Internacional, si la semana que viene vamos a Venezuela y a Australia. Ésta es la segunda vez que sacas el tema. ¿Estás segura de que no eres tú la que quiere que acabe?

–¡No quiero que acabe! –entonces se sonrojó.

–Soy el primer hombre con el que has hecho el amor, Tess. No te confundas con más de lo que es, ¿quieres?

–Quieres decir que no me enamore de ti.

–Exactamente.

–No te quiero –dijo ella–, pero cuando estamos juntos en la cama, ambos lo llamamos hacer el amor.

–Nos preocupamos el uno por el otro.

–Me gustas –dijo ella.

–Eso está bien, pero no lo lleves al siguiente paso.

–Prometo que no lo haré. ¿Dónde está la ducha? Apesto a caballo.

Cade abrió una puerta que había a su izquierda.

–Éstas son tus habitaciones. Las mías están al lado.

Dormitorio, baño, terraza con vistas a la rosaleda…
Encontrarás todo lo que necesitas. La cena es dentro
de media hora –sonrió de manera impersonal.

Tess sonrió con frialdad y le cerró la puerta en las
narices.

Había llegado a la peor parte de su discusión. Así
que Cade se preocupaba por ella. Entonces, ¿por qué
sentía ganas de llorar? Ella jamás lloraba.

Se duchó y se puso un vestido negro muy sexy.

Después de cenar, se levantó de la mesa y dijo:

–Creo que voy a hacerte caso. Dormiré sola. Buenas noches, Cade.

Cade se puso en pie.

–Si lo que pretendías era dormir sola, elegiste el
vestido equivocado.

–Me pongo lo que quiero –contestó enojada.

Él dio un paso adelante.

–Me quieres a mí –dijo él, y la tomó en brazos.

Ella le golpeó el pecho con los puños.

–¡Suéltame!

Él abrió la puerta con la rodilla.

–Deja de resistirte. No vas a ganar.

–Porque eres más grande. Más fuerte. Más duro.
Porque eres chico. Déjame, Cade.

De pronto, él la dejó en el suelo. La empujó contra
la pared, le sujetó la barbilla y la besó con tanta fogosi-
dad que Tess le rodeó el cuello y lo besó también.

Estaba furiosa con él. Pero lo deseaba. Y mucho.

Él se separó y le dijo:

–Ahora ya puedes irte a la cama. Sola.

–¿De qué iba todo eso? ¿Me has castigado porque
me he atrevido a llevarle la contraria a Cade Lorimer?

–Ojalá fuera tan sencillo.

–Entonces, ¿qué ocurre?

–¡Nada que sea asunto tuyo!

Tess lo miró con las manos en las caderas.

–No estoy enamorada de ti ni una pizca. A ver si te lo metes en la cabeza. Y en este preciso momento, ni siquiera me gustas –al ver que se quedaba boquiabierto, añadió–: Ah, o sea que eso es lo que pasa. Estás enamorado de mí.

–¡No lo estoy! Tess, no estoy enamorado de ti. ¿De acuerdo?

–Soy una pobre mujer, y estoy sola –dijo ella en tono dramático.

Él se rió.

–¿Qué tal si hacemos un trato? Nos acostamos juntos y nos dormimos directamente.

–¿Y cuál es la probabilidad de que eso suceda? –dijo ella.

–Sólo hay una manera de comprobarlo.

–¿En tu cama o en la mía?

Él seguía riéndose cuando llegaron a su habitación. Tal y como era de esperar, no se quedaron dormidos directamente. Por la mañana, al amanecer, Tess se despertó al sentir que Cade le acariciaba la espalda con los labios, y su miembro erecto contra la cadera. Ella permaneció quieta para que no se diera cuenta de que estaba despierta.

Él continuó besándola en los hombros hasta que ella se volvió hacia él. En silencio, él le hizo el amor con suma delicadeza. Después, sin decir nada, Cade apoyó la mejilla en su hombro y se quedó dormido otra vez.

Pero Tess permaneció mirándolo durante largo rato. Corría el peligro de enamorarse de Cade. ¿Cómo podía hacer el amor con él, día tras día, noche tras noche, y no enamorarse de él?

Tenía que ser tonta para hacer algo tan arriesgado. Tarde o temprano, la aventura terminaría. Quizá en

otro continente. Quizá después de varias semanas.
Pero terminaría.

El miedo, su viejo enemigo, se apoderó de ella.
Tess no quería que terminara. Ni siquiera podía imaginar la idea de que otro hombre se metiera en su cama.
Era a Cade a quien quería. Sólo a Cade.

En aquellos momentos, y para siempre.

Ese día Tess limpió los tres establos y recibió su
clase de monta a las diez. Después de comer, Cade le
mostró los libros de contabilidad y le explicó los pormenores de la cría de caballos purasangre.

Después de la cena recibieron una clase de baile
para practicar para la fiesta de los vecinos. Más tarde,
ella lo siguió hasta su habitación, se cambió de ropa y
se metió en la cama.

–Todavía no has visto este camisón –dijo ella–. Estaba reservándolo.

Era un camisón tan sexy que Cade se olvidó de que
estaba planeando enfriar un poco aquella aventura.
Pero cuando se agachó para besarla, ella ya había cerrado los ojos y respiraba profundamente.

Cade se fijó en que tenía ojeras. Con cuidado, se
acostó a su lado. Al quedarse dormida, Tess había resuelto todas las dudas que tenía acerca de cómo implementar su plan.

Él no sabía si alegrarse o no.

Tess se despertó en mitad de la noche. Había estado soñando y la sensación de miedo permanecía con
ella.

Cade estaba dormido a su lado. Junto a él, debía

sentirse segura, lo único que podía hacer era desper-
tarlo para que la tranquilizara.

Pero ¿y si se acostumbraba a pedirle ayuda?

Con cuidado, salió de la cama, se vistió y se dirigió
a los establos. «Los caballos harán que me sienta mejor», pensó.

Debía de haber soñado con Opal y Cory, porque nadie más le provocaba tanto temor. Al llegar al establo,
abrió la puerta, entró, y la cerró de nuevo.

—Hola, Galaxy —saludó a un caballo que asomaba la
cabeza desde la cuadra.

De pronto, los tres pastores alemanes doblaron una
esquina y salieron corriendo hacia ella. Incluso en la
penumbra, ella podía ver sus dientes afilados.

Asustada, permaneció muy quieta.

No podía salir corriendo.

—Soy vuestra amiga —gritó—. Eso dijo Zeke.

Los perros la rodearon y comenzaron a olisquearla.
Ella se fijó en que estaban moviendo la cola. Uno de
ellos se sentó y la miró.

Tess se acordó de Jake, el perro que había tenido en
Amsterdam.

Se arrodilló y, despacio, agarró el collar del perro
para leer su nombre.

—Spirit —susurró, y le acarició el lomo.

El animal golpeó el suelo con el rabo. Los otros dos
seguían olisqueándole la ropa. Era demasiado. Inun-
dada por los recuerdos, rodeó a Spirit con los brazos y
hundió el rostro contra su pelo.

El primer llanto apareció desde un lugar tan pro-
fundo que, al momento, no podía parar de llorar.

Capítulo 12

CADE se despertó y vio que estaba solo en la cama.

—¿Tess? —preguntó sin obtener respuesta.

Se sentó en la cama y encendió la lámpara. Se fijó en que la ropa que Tess había utilizado para ir a los establos no estaba en el suelo.

Algo le decía que debía encontrarla, y rápido.

Se levantó, se vistió y salió por la puerta. Tenía el presentimiento de que ella había ido a los establos, aunque no estaba seguro de por qué.

«Los perros», pensó él. Zeke los dejaba sueltos en el establo por las noches.

Corrió hasta el establo y vio que no había luz. Tampoco oyó a los perros. Al abrir la puerta, el pánico se apoderó de él. Los perros la habían tirado al suelo.

Él corrió hacia ella, pero se percató de que estaba abrazada a uno de los perros y de que lloraba desconsoladamente.

—Tess, no te asustes. Soy yo —se arrodilló a su lado y la abrazó.

Sin resistirse, y sin dejar de llorar, se lanzó a sus brazos. Spirit se acurrucó contra ella. Cade continuó abrazándola, consciente de que no había nada que pudiera hacer hasta que no dejara de llorar.

Poco a poco, se fue tranquilizando. Él sacó un pañuelo del bolsillo y se lo dio.

—Suénate la nariz –le dijo–. Después te llevaré a la casa.

—Yo tuve un perro. En Amsterdam, cuando tenía dieciséis años. Se llamaba Jake. Spirit se parece a él.

—¿Y qué le pasó?

—Poco después de que yo cumpliera los dieciséis años, a Cory le dispararon frente a la casa de un traficante, a tres manzanas de donde vivíamos. Cuando me enteré, corrí a casa para decírselo a Opal. Ella estaba aterrorizada. Me dijo que no fuera por casa durante la siguiente semana, me dio un par de billetes y quedamos en un hostal cercano. No apareció… Probablemente se marchó en el primer tren el día que dispararon a Cory –suspiró–. Cuando me quedé sin dinero, no tenía dónde ir. Estaba demasiado asustada para regresar al piso y empecé a vagar por las calles. El tercer día encontré a Jake. Empecé a pedir limosna en la estación y nos fue bien durante un par de meses. Era un perro grande y no permitía que nadie se acercara a mí… Me sentía segura.

—Pero no lo estabas.

—Uno de los jefes de una banda juvenil se fijó en mí. Isabel tenía razón, yo era demasiado guapa. Estaba ahorrando para un billete de tren hacia Den Haag y ya casi había reunido el dinero. Pero un día, cuando fui a la parte de atrás del restaurante para pedir comida, Hans me estaba esperando.

Cade se fijó en que sus ojos expresaban terror.

—Me agarró, y cuando Jake se lanzó a su cuello, Hans lo disparó. En el lomo. Pero aun así, Jake consiguió tirar a Hans al suelo. Yo salí corriendo y, de milagro, conseguí librarme de Hans. Esa noche me metí en un tren de carga y salí de la ciudad. El resto es historia.

–Tuviste que abandonar a Jake. Ni siquiera pudiste enterrarlo.

–Jake e Isabel. Perdí a los dos que me querían.

–Jake te salvó la vida. Ahora comprendo que no tienes miedo a los perros, sino a los recuerdos.

–Cuando llegué a Den Haag conseguí un trabajo fregando platos en un restaurante chino. De ahí, empecé a limpiar oficinas por la noche, a trabajar de acomodadora en un teatro… De todo.

–¿Cómo llegaste a Estados Unidos?

–Trabajando como limpiadora en un crucero. Debí haberte contado todo esto en Manhattan. Pero no fui capaz.

–En memoria de Jake, puedes dar un donativo a un albergue de acogida de animales en Amsterdam.

–Es una idea maravillosa. Lo haré.

Cade se puso en pie y la levantó.

–Estás agotada –le dijo–. Es hora de que regreses a la cama.

–Gracias, Cade. Por dejarme llorar. Por escucharme.

–Hazme un favor, ¿quieres?

–Por supuesto.

–Escribe cada día algún detalle acerca de esas semanas en Amsterdam. Describe dónde dormiste cada noche, por ejemplo. O cómo era Jake.

–Él había perdido parte de una oreja. Nunca olvidaré cómo se puso cuando Hans me agarró…

–Tess, saliste de Amsterdam y llegaste a Malagash Island, donde tienes tu vida. Entretanto, has enterrado todos los detalles que te han hecho sufrir. Ha llegado el momento de sacarlos a la superficie –la rodeó por la cintura y añadió–: Se acabó. Ya has hecho bastante por esta noche.

Ella no dijo nada y Cade la llevó hasta su habitación. Allí, la desvistió y le puso un camisón antes de meterla en la cama. Antes de cerrar los ojos, ella le agarró la mano y se la besó.

—Gracias —susurró, y se quedó dormida.

Cade permaneció despierto, a su lado.

No debía haber empezado aquella aventura. Tess ya había sufrido bastante en su vida. Sus aventuras amorosas nunca eran duraderas. Y además, aquella mujer era la nieta de Del, de modo que siempre tendría que mantener cierta relación con ella.

Debía mantener las distancias y terminar con aquello antes de hacerle más daño.

Pero eso significaba que nunca volvería a tenerla entre sus brazos.

Cuando Tess se despertó, estaba sola en la habitación. Era las doce y dieciséis minutos del mediodía.

Recordó lo sucedido la noche anterior y cómo había violado sus normas. No contarle a nadie lo que sucedió durante aquellos días después de la muerte de Cory. Pero se lo había dicho a Cade y tampoco había sucedido nada grave.

Tras darse una ducha bajó a comer algo y confiando en encontrarse con Cade. Sin embargo, lo que encontró fue una nota firmada por Cade y un paquete junto a su plato. Cade había ido a Manhattan, pero regresaría al día siguiente para el baile. El paquete había llegado por la mañana y él esperaba que se pusiera su contenido con el vestido verde.

Tess se llevó el paquete a la habitación y lo abrió en privado. Encontró un collar de oro del que colgaba una esmeralda. También unos pendientes a juego y un brazalete. Nunca había visto algo tan maravilloso.

Echaba de menos a Cade. Tratando de no pensar en ello, guardó la caja en un cajón y se dirigió a los establos.

Cade no la llamó ese día, ni el siguiente.

«No debí contarle lo de Amsterdam», pensó Tess mientras trataba de subirse la cremallera del vestido verde el segundo día.

A través de la ventana, oyó el ruido del motor de un coche. Una limusina se detuvo frente a la casa. Cade salió del vehículo, y sacó su maleta.

A ella se le aceleró el corazón. En el fondo, le daba miedo ir al baile aquella noche. Sólo conocía a Cade, y sólo había recibido una clase de baile en su vida.

Oyó pasos en el pasillo y, al instante, el ruido de la ducha en la habitación de Cade. Ni siquiera se había molestado en saludarla, ni en besarla. Era como si ya no existiera.

Tratando de no perder los nervios, Tess se abrochó las sandalias. Después, se puso el brazalete y los pendientes, pero no consiguió abrocharse el collar. Entonces, se sentó en la cama y esperó.

Oyó que Cade cerraba el grifo. Y al cabo de cinco minutos, alguien llamó a la puerta. Se puso en pie y dijo:

—Adelante.

Cade entró en la habitación. Ella estaba quieta, luciendo el vestido verde que le quedaba como un guante.

—Siento llegar tarde —dijo él—. ¿Estás lista?

—Gracias por las esmeraldas —dijo ella.

—No hay de qué —repuso él—. No te has puesto el collar.

–No puedo abrochármelo.

Cade la miró en silencio. «Mantén las distancias», pensó.

Ella no se había acercado a él, así que su estrategia estaba funcionando. Lo único que tenía que hacer era mantenerla. No le resultaría fácil. Estaba preciosa y demasiado cerca de una cama.

Cade recogió el collar de la cama y se lo colocó en el cuello. Cuando sus dedos rozaron su piel, ella se estremeció. Apretando los dientes, él abrochó el collar y dio un paso atrás.

–Ya estoy –dijo ella.

–Debemos irnos. Recuerda que eres una bella mujer que va a ir a una fiesta de la alta sociedad, algo por lo que mucha gente daría cualquier cosa por ir.

–Yo no soy como mucha gente –dijo ella, y se echó el chal por encima de los hombros.

Una vez en el coche, Cade puso la radio y condujo deprisa en la oscuridad.

Nada más llegar, Cade se detuvo frente a unas escaleras y apagó el motor.

–Estaré siempre a tu lado –le dijo–. Y si tocan una rumba, me aseguraré de que nadie más te saque a bailar.

–Es una lástima que tenga tan poco repertorio –dijo ella–. Siempre puedo ir al baño, estoy segura de que encontrarás a otra que quiera bailar la rumba contigo.

–Estoy seguro de que la encontraría –dijo él. Salió del coche y le abrió la puerta.

Al entrar los recibió un mayordomo. Después, una pareja se acercó a ellos.

–Cade, cariño –dijo la mujer–. Y ésta debe de ser la nieta de Del… Tiene sus mismos ojos. Soy Bee Alden, y él es mi esposo, Chuck –se inclinó hacia delante y besó a Tess en la mejilla–, Bienvenida a *Belle Maison*.

–Tess, eres mucho más bella que Del. Asegúrate de reservarme un vals –intervino Chuck–. Bee ha bailado conmigo durante años, y parece que el vals es el único baile en que no piso a mi pareja.

Tess se rió.

–Lo haré encantada.

–Eres un encanto –dijo Chuck–. Cade, me alegro de verte. ¿Por qué no acompañas a la señorita y le sirves una copa? En cuanto dejen de llegar los invitados, iré a buscaros.

A medida que transcurría la fiesta y Tess comprobaba que todo el mundo era amable y simpático con ella, se fue relajando. Cade se ocupó, en todo momento, de que disfrutara, y consiguió que ella terminara riendo y charlando como si llevara toda la vida asistiendo a eventos de la alta sociedad.

En un momento dado, la orquesta comenzó a tocar un ritmo latino. Tess miró a Cade y sonrió:

–Tengo que ir al baño… Regresaré enseguida.

–Estaré pendiente de ti –dijo él.

–No tardaré mucho –dijo ella.

El cuarto de baño estaba lleno de espejos con marcos dorados, ramos de flores y diversos tipos de cremas y jabones. Tess descubrió un pequeño tocador y se sentó en una esquina. Se quitó las sandalias y decidió retocarse el pintalabios antes de regresar a la fiesta.

Se abrió la puerta del baño y oyó una voz que decía:

–La nieta de Del Lorimer es muy guapa.

Tess se quedó de piedra.

–Marcia –dijo otra voz–, esa chica es preciosa. Y por supuesto, está locamente enamorada de Cade.

–Es una lástima que sea tan evidente –contestó la otra mujer–. Alguien debería advertírselo. No sonarán campanas de boda, Caro.

Caro suspiró.

–Si yo tuviera veinte años menos, también estaría enamorada de él.

–No te llevaría a ningún sitio, cariño. Cade no es de los que se casan. Una lástima. Con todo el dinero que tiene.

–¿Recuerdas a Talia Banks? Está aquí con su último hombre. Estuvo saliendo con él hace un año o así. Dice que es muy generoso, pero que fue él quien terminó la relación.

–Me imagino que así es como se mantiene siendo millonario… ¿Volvemos? ¿Qué te parece el peinado de Bee?

Cerraron la puerta al salir. Tess respiró hondo y se alegró de que no hubieran entrado en el tocador. Con dedos temblorosos, se abrochó las sandalias.

«Enamorada de Cade».

«Locamente enamorada de Cade…».

Capítulo 13

POR SUPUESTO que estaba enamorada de Cade. Sin embargo, no había sido consciente de ello hasta que no oyó la conversación de aquellas dos mujeres. No sabía cómo había sucedido, pero era algo que hacía que se sintiera feliz. Ella, Tess Ritchie, se había enamorado de un hombre atractivo y sexy.

Con una sonrisa, se miró en el espejo y se pintó los labios. No podía ocultarse allí para siempre, pero ¿cómo iba a enfrentarse a Cade siendo consciente de que lo amaba?

Se pasó un cepillo por el cabello y regresó al salón de baile. Cade estaba bailando un tango con una mujer de cabello moreno que llevaba un vestido negro.

¿Bailando? No estaba bailando. Era como si estuviera haciendo el amor con ella en un lugar público. La tumbaba hacia atrás, la movía en círculos, la abrazaba para separarse de ella otra vez.

Tess sintió una mezcla de furia y frustración. Cade, el hombre que le había dicho que estaría pendiente de ella, se había olvidado por completo de su existencia.

«Esto son celos», pensó Tess. El lado oscuro del amor. A pesar de que nunca había experimentado algo así, reconoció inmediatamente el sentimiento. Deseaba apartar a aquella mujer de los brazos de Cade. O salir huyendo. ¿Adónde? Cade la acompañaría a todas partes.

Y eso también era amor.

La orquesta terminó con un acorde triunfal. Cade sujetaba a la mujer morena contra su cuerpo. Estaba riéndose.

Bee se acercó a Tess y le dijo:

—Cariño, no deberías mostrar tu corazón para que todo el mundo lo vea. Toma una copa de champán. Yo siempre le digo a Chuck que no hay problema que no solucione una copa de champán.

Tess agarró la copa y masculló:

—Estoy enamorada de él.

—Por supuesto que lo estás. ¿Y quién no? Que esté casada no significa que no sepa apreciar el torso más bonito de este lado de California. Pero, cariño, he de advertirte que Cade no cree en el matrimonio. El divorcio de su madre fue un desastre. Y después, la batalla por su custodia. ¿Quién puede acusarlo de ser así?

—¿Se pelearon por su custodia? —Tess siempre había asumido que la madre de Cade se había quedado viuda. Desde luego, Cade nunca había mencionado nada acerca del divorcio.

—Fue todo un espectáculo. En el club de campo se habló durante semanas. El padre de Cade no lo quería, pero tampoco quería que Selena lo tuviera. Al final, el juez se lo entregó a la madre —miró a Tess—. ¿No sabes nada de todo esto? Cade ha sido muy reservado desde pequeño. Y con motivo.

Era cierto que Tess tampoco se lo había preguntado. Había estado demasiado centrada en sus propios problemas y había imaginado que él, siendo un hombre rico y atractivo, no tenía ninguno.

Así que Cade había carecido del amor de dos padres. Del biológico, y del adoptivo. No era de extrañar que la palabra «compromiso» no formara parte de su vocabulario.

—Mira, Cade te está buscando —dijo Bee—. Ve con él, cariño, y sigue mi consejo: juega bien tus cartas.

—Gracias, Bee —dijo Tess, y se dirigió hacia Cade. La mujer morena había desaparecido y él estaba junto a la pista de baile. Esperándola.

—Has estado mucho tiempo en el baño.

—Pero has estado entretenido durante mi ausencia.

—Talia me sacó a bailar.

Ella sintió que se le encogía el corazón.

—¿Una vieja amiga? —preguntó.

—Salimos juntos hace un año —dijo él—. Te lo cuento antes de que te enteres por otra persona.

—Así que... primero Sharon y después Talia. ¿Vamos a repasar todo el abecedario?

—Si no te conociera mejor, diría que estás celosa.

—Me conoces muy bien. Al menos, en la cama.

—Tess —dijo él—, si quieres que discutamos, estoy dispuesto a complacerte. Pero no aquí, ni ahora.

Empezaba a sentir dolor de cabeza.

—Ojalá nunca hubiera dejado Malagash Island —dijo ella con desesperación—. Ojalá nunca te hubiera conocido.

—Has hecho ambas cosas —dijo él—. El senador quiere presentarte a su hermano y a su cuñada. Tienen una casa de verano en Maine. Ven conmigo.

Tess obedeció y descubrió que tanto el senador, que era un viejo amigo de Cade, como su familia, eran encantadores.

Después, Cade la sacó a bailar y, al verla muy seria, le preguntó:

—¿Qué pasa?

—Tengo dolor de cabeza.

–¿Por qué no me lo has dicho? Te llevaré a casa.

A su cama de Cypress Acres. Sola. Porque emplearía la excusa del dolor de cabeza para no hacer el amor con Cade. ¿Cómo iba a ocultarle sus sentimientos en un espacio tan íntimo como la cama?

–Me parece bien.

Diez minutos más tarde, estaban entrando en la carretera que los llevaría a casa.

–¿Tienes aspirinas? –preguntó Cade.

–No. Nunca me duele la cabeza.

–¿Y por qué te duele esta noche? Has sido todo un éxito.

–¿Por qué estás en contra del matrimonio, Cade? –preguntó ella sin pensar.

Él la miró.

–Ya te lo he dicho… Hay muchas posibilidades de que se convierta en algo aburrido.

–¿No tiene nada que ver con la pelea que tuvieron tus padres por tu custodia?

Cade agarró el volante con fuerza.

–¿Quién te ha contado eso?

–Tú no.

–¿Y por qué iba a hacerlo?

–Yo te conté lo de Jake y Hans.

–Mi padre insistió en contraer matrimonio de forma interesada. Él podría avanzar en su profesión médica y mi madre tendría mucho tiempo para el trabajo de voluntariado. Después, ella conoció a Del y descubrió todo lo que se había perdido. Pidió el divorcio, mi padre contrató a un abogado y comenzó la pelea.

–Tú fuiste un títere en esa pelea.

–Ella perdió mucho dinero en los tribunales, pero luchó tanto que al final ganó. Fin de la historia.

–Principio de la historia, diría yo. Si desde entonces

llevas huyendo del matrimonio, Cade, siento no habértelo preguntado nunca. Siempre supuse que Selena era viuda.

–Del y ella hacían buena pareja. Pero mi madre era una mujer tradicional. Estaban tranquilos. Tenían una relación cómoda –de pronto, golpeó el volante con el puño–. Si eso es todo lo que es, prefiero quedarme soltero.

–Tú y yo no somos así.

–El deseo se termina, Tess. Siempre se acaba.

–¿Y qué pasa si no sucede tal cosa? ¿Vas a seguir huyendo?

–¡Maldita sea! No es tan sencillo. Eres la nieta de Del. Soy responsable de ti.

–¡Soy responsable de mí misma!

–Me da igual si esto suena arrogante –dijo él–. Me preocupa que si continuamos con esta aventura, tú te enamores.

–Te da miedo que me enamore de ti –dijo ella–. ¿Y si ya lo he hecho?

–No juegues con esto.

–¿Y si te pidiera que te casaras conmigo? ¿Qué dirías?

De pronto, Cade detuvo el coche y se volvió para mirarla.

–¿Me estoy perdiendo algo? ¿Qué sucede?

–Contesta a mi pregunta.

–Diría que no.

–Así, sin más.

–Tess, no estás enamorada de mí. En menos de tres semanas has salido de una isla, has conocido a tu abuelo, y has entrado en el círculo de la alta sociedad. No es de extrañar que…

–Te olvidas de algo. También he perdido mi virginidad. ¿O ya no te acuerdas?

–¡No debí liarme contigo! Debería haberte pedido que te fueras el día que llamaste a mi puerta en Venecia.

–Pero no lo hiciste. Yo soy la mujer que te hace romper tus reglas. La que te hace perder el control. ¿De veras crees que tendríamos un matrimonio aburrido? ¿O que utilizaríamos a nuestros hijos como si fueran títeres durante un divorcio?

–Por el amor de Dios… Otro motivo por el que estoy en contra del matrimonio es porque no quiero volver a estar cerca de un abogado de divorcios.

–¿Tu padre fue un buen hombre?

–No. Era frío, egoísta y manipulador. Nunca dejé de agradecerle a mi madre que no me hubiera abandonado con él todos esos años.

–Eres un hombre de gran corazón –dijo Tess–. Quieres a Del, lo sé. A pesar de que siempre se haya mantenido distante contigo. Eres diferente a tu padre.

–¿Desde cuándo eres tan sentenciadora?

–Desde que me metí en tu cama. Puede que sea inexperta, pero hay cosas que no se pueden fingir. Te preocupas por mí, eres generoso, apasionado… Eres tú.

–Cuando empezamos con todo esto, hicimos un trato… Cuando llegara el momento de terminar, lo diríamos. Ha llegado ese momento, Tess. Quiero terminar la relación. Ahora. Sólo me arrepiento de haberla empezado.

–¿Te arrepientes de haber hecho el amor conmigo?

–No quería decir eso.

–¡Pues es lo que has dicho!

–En Adelaide, en Venezuela, nos comportaremos como socios de trabajo –dijo él–. Después, te quedarás sola… Me mantendré alejado de tu camino en Moorings, o en cualquier otro sitio al que elijas ir.

–¿Y qué pasa con Del?

–Si eres inteligente, nunca le contarás a Del que hemos estado liados.

–¿Como si estuviera avergonzada de lo más bonito que me ha sucedido en la vida?

–¡No es asunto suyo!

–Lo mantienes todo por separado. Siempre has vivido así, ¿no? El sexo por un lado, los negocios por otro, y sin lugar para los sentimientos.

–Vivo mi vida a mi manera. Ahora, voy a terminar esta relación antes de que te haga más daño. No hay posibilidad de negociación. La decisión está tomada.

Cade arrancó de nuevo. Tess se apoyó en el respaldo del asiento y cerró los ojos. Recordó la cabaña en la que había vivido junto a la playa. Volvería allí. Tan pronto como pudiera. Del podría ir a visitarla si quería. Pero había terminado de seguirle el juego a Cade.

Cada vez tenía más dolor de cabeza. Deseaba estar sola para poder llorar.

Cuando llegaron a Cypress Acres, ella se sentía agotada.

–Esta noche he hecho lo mejor que podía hacer, Tess. Con el tiempo me darás la razón.

–No trates de controlar mis sentimientos –dijo ella–. Puede que seas millonario, pero si no te arriesgas a enamorarte de mí, puede que te vuelvas muy pobre.

–Eso es ridículo, y lo sabes –contestó él, agarrándola del codo.

–Déjame –dijo ella–. No quieres nada conmigo, así que no me toques.

–Estás suponiendo que quiero tocarte.

–Vuelve con Talia. O con Sharon. Pero déjame en paz –dijo ella y subió por las escaleras.

Una vez en su habitación, se quitó la ropa y guardó los pendientes y el brazalete en un cajón. Sin embargo, no consiguió quitarse el collar. Blasfemando, agarró el camisón menos sexy de todos y se sentó junto a la ventana. Se apoyó contra el cristal y esperó a que terminara la noche.

A las siete de la mañana, Tess se puso unos pantalones vaqueros y bajó por las escaleras. Su plan era ir a los establos, pero cuando dobló la esquina, vio que Cade estaba de pie en el recibidor. Junto a una maleta.

Al verla, él dio un paso adelante.

–Voy a ir a Maine un par de días. Quiero ver a Del. Lo mejor es que te quedes aquí.

–Iré contigo.

–Tess, no…

– Ya has terminado de gobernar mi vida –dijo ella–. Yo también quiero ver a Del. Es mi abuelo y no está bien de salud.

–O sea, que lo de Del y tú ya no te parece una farsa.

Ella suspiró.

–Al principio, no significaba nada para mí, pero tenemos la misma sangre, y trata de ayudarme. No puedo darle la espalda. Es todo lo que tengo.

–Él te necesita tanto como tú a él –dijo Cade.

–También te necesita a ti.

–No te engañes. El día que se casó con mi madre me dijo que no quería que lo llamara papá. Nunca. Yo sólo tenía ocho años, pero supe que me estaba diciendo algo más. Del no me necesita. Nunca me ha necesitado.

–Cory debió de hacerle mucho daño… A lo mejor le daba miedo que tú le hicieras daño también.

Cade notó un nudo en el estómago. Por supuesto. Era evidente, pero él no se había dado cuenta. Cory le había destrozado el corazón a Del, una y otra vez.

–A lo mejor ha llegado el momento de preguntarle a Del por qué no permitió que te acercaras a él –añadió Tess–. Si realmente lo hizo para protegerse.

–Si vas a venir conmigo, Tess, será mejor que te des prisa –dijo Cade.

–Dame cinco minutos para hacer la maleta.

Ella corrió escaleras arriba para recoger sus cosas. En el armario dejó el vestido verde porque no quería volverlo a ver. Se cambió de ropa y ocultó el collar de esmeraldas bajo la blusa.

En pocas horas estaría en Maine. Regresaría a Malagash Island y no volvería a salir de allí.

Cade estaba esperándola en el coche y arrancó en cuanto ella se subió.

–El cocinero ha llenado el termo de café y nos ha dado una caja con bollos recién hechos.

–Ese cocinero se merece un premio –dijo Tess, y se puso sus gafas oscuras. Tenía hambre y decidió desayunar. Después, durmió un rato, y más tarde consiguió mantener una conversación banal durante el resto del viaje. No podía permitir que Cade se enterara de que le había partido el corazón.

Por la noche, le contaría sus planes a Del, y al día siguiente regresaría a Malagash.

Una vez más, encontraría allí el refugio que siempre había necesitado.

Capítulo 14

HORAS más tarde, Cade aparcó el coche delante de Moorings.

—Entraré a ver a Del primero. Cuando sea tu turno, no le des un disgusto.

—No, señor Lorimer —contestó Tess.

Él se volvió para mirarla.

—¿Crees que es sencillo terminar nuestra relación cuando lo único que deseo es llevarte a la cama más próxima? Pero sé que estoy haciendo lo correcto. ¡Así que deja de hacer comentarios malvados!

—Si es tan difícil, ¿por qué es lo correcto?

Cade la sujetó por los hombros y la besó en los labios.

—El mayordomo te llevará la maleta. No estaré mucho tiempo con Del.

Una vez dentro, Cade subió hasta la habitación de Del y llamó a la puerta.

—Pensé que eras el médico —dijo Del al verlo—. Me ha cambiado la medicación y parece que está haciendo maravillas. Pero insiste en que me quede sentado parte del día.

—Entonces, deberías hacerle caso —dijo Cade—. Tengo que hablar contigo.

—Habla todo lo que quieras. Tengo tiempo.

—Después de pasar tiempo con Tess, me he dado cuenta del daño que debió de hacerte Cory. ¿Por eso fuiste tan reacio a aceptar un segundo hijo? ¿Y por qué no querías que te llamara papá?

–Él casi consiguió destrozarme –dijo Del–. Desde que era pequeño, era agresivo, mentiroso y cruel. No podía soportarlo. Ni tampoco conseguí que cambiara. Cuando me divorcié de su madre, ambos se fueron a Europa. Cuando ella murió, años más tarde, Cory contactó conmigo para pedirme dinero –se encogió de hombros–. Yo se lo di con la condición de que se quedara en Europa. Y cuando nació Tess, le envié una pensión. Bueno, ya sabes lo que sucedió con eso.

–No intentaste verla –dijo Cade.

–Nunca le conté a Selena lo malvado que era Cory. Pensé que dejaría de quererme si se enteraba de que tenía un hijo así. Tampoco le podía contar lo de Tess. Quería a tu madre, Cade, pero nunca comprendí cómo podía quererme ella a mí.

–No crees que merecieras su compañía –dijo Cade.

–Eso es. Así que mantuve todo en secreto y Tess y tú fuisteis los que salisteis perdiendo. Lo siento, Cade. Lo siento mucho más de lo que crees.

–Si lo deseas, todavía no es demasiado tarde para solucionarlo –dijo Cade.

Del se aclaró la garganta.

–Sí, estoy dispuesto a hacerlo.

–Tess nos ha hecho mucho bien –dijo Cade.

–Estoy de acuerdo, así es Tess –Del se sentó derecho–. ¿Y qué opinas de la última votación del congreso?

Enseguida, Cade y Del se pusieron a hablar de política. Media hora más tarde, él fue a su despacho para revisar los faxes que le habían enviado desde Los Ángeles. Al día siguiente viajaría allí, y así se alejaría de Tess.

No habría aventura venezolana. Y mucho menos, australiana, asiática o argentina.

Al día siguiente, temprano, el chófer de Del dejó a Tess frente a su casa de Malagash Island. A medida que se acercaba a la puerta, iba siendo consciente de que Cade cada vez estaba más lejos.

«Es un viaje de negocios», le había dicho él. «Una buena oportunidad para poner un poco de distancia entre nosotros».

La casa olía a cerrado. Sus plantas habían muerto por falta de agua, y una tormenta había rociado las ventanas de agua salina. ¿Cómo podía ser que nunca se hubiera dado cuenta de lo pequeña que era la cabaña?

De pronto, su dormitorio le parecía claustrofóbico.

Salió al porche y recordó el día en el que le había servido café con magdalenas a Cade. Parecía que había pasado una eternidad.

El día anterior había ido a visitar a Del. El otro hombre que quería. De pronto, el amor la había atrapado en dos versiones diferentes. No podía irse a Francia y empezar una nueva vida lejos de Cade. Necesitaba estar cerca de Del.

Y cerca de Del significaba estar cerca de Cade.

Estaba atrapada. En las tres últimas semanas su mundo se había ampliado enormemente. Y, entre los brazos de Cade, había descubierto una nueva existencia.

No podía regresar a la vida de la isla, pero no sabía qué podría hacer.

«Quizá debería ir a Madrid para ver otra vez a Isabel. Ella me comprenderá. Y a lo mejor, puede decirme qué debo hacer», pensó.

Rápidamente, buscó el número de teléfono del chófer. Si Cade podía volar hacia el oeste, ella podía volar hacia el este.

Quizá él tuviera razón, y distanciarse era lo que ella necesitaba.

Cade regresó a Moorings al día siguiente. Tess estaba allí, y tendría que enfrentarse a ella.

Durante su estancia en Los Ángeles no había dejado de pensar en ella.

Una vez dentro, el mayordomo le entregó una nota.

–De parte de la señorita Ritchie –le dijo–. Y el señor Lorimer quiere verlo antes de acostarse.

Una vez en su habitación, Cade abrió el sobre y leyó la nota.

Cuando recibas esto, yo estaré en Madrid con Isabel. Después, puede que vaya a Amsterdam. Tienes razón, Cade, es mejor que pongamos distancia entre los dos. Tess.

Cade debería haberse sentido aliviado al no tener que enfrentarse a Tess y al haber recibido el mensaje a través de una nota.

Pero no fue así.

«Madrid, pase», pensó furioso. «Pero ¿Amsterdam? Y ella sola. ¿En qué estaba pensando?».

Iría a buscarla. Para Tess, Amsterdam era una ciudad que le producía muy malos recuerdos y él no iba a permitir que estuviera allí sola.

Agarró el teléfono e hizo un par de llamadas. Después rehizo las maletas, se duchó y visitó brevemente

a Del, tratando de que la conversación versara única-
mente sobre negocios.

Horas más tarde, Cade estaba en la recepción del
hotel DelMer en Madrid.

–Tess Ritchie –le decía a la recepcionista–. No se
habrá marchado, ¿verdad?

–No, señor. Se marchará mañana por la mañana.
Permita que la avise en su habitación.

Aunque Tess no contestara, Cade sabía que todavía
no se había ido a Amsterdam. Pidió un taxi y fue directamente a casa de Isabel. Ella abrió la puerta:

–Cade, no te esperaba aquí.

–Estoy buscando a Tess –dijo al entrar.

Isabel dio un paso atrás.

–¿Por qué?

Su tono era frío y no le había dicho que se sentara.

–Para ir a Amsterdam con ella.

–Ella no depende de ti. Es una mujer adulta, y tu
aventura con ella ha terminado.

–Eso es lo que te dijo.

–No es asunto tuyo lo que ella me cuente.

–No puedo arriesgarme a enamorarme de ella, Isabel.

–El amor no es una enfermedad. Es lo que nos con-
vierte en humanos.

–Bien –dijo él–. ¿Dónde está? Tengo que hablar
con ella.

–Hace un par de horas regresó al hotel.

–¿A pie?

–Por supuesto, no había oscurecido.

–No está en el hotel.

–Entonces, habrá entrado en un bar para escuchar

flamenco. O a un restaurante. Te sugiero que la esperes allí. Y si vuelves a hacerle daño, iré a buscarte, ¿entendido?

—No tenía intención de hacerle daño.

—Entonces, debiste tener más cuidado.

—Es cierto que se ha enamorado de mí –dijo Cade, como asumiendo la realidad.

—Tendrás que descubrirlo por ti mismo.

—Tess fue afortunada al tenerte a su lado cuando era pequeña. Gracias, Isabel, por todo lo que has hecho por ella –se dio la vuelta y corrió escaleras abajo hasta la calle.

Sacó el teléfono y llamó al hotel. Tess no estaba en su habitación.

Cade empezó a preocuparse por si le había sucedido algo. Empezó a caminar de regreso al hotel, imaginando la ruta que ella podía haber elegido. Le pareció verla dentro de un bar, tomando tapas con otro hombre. Sintió que se le encogía el corazón. Tess podía pasar el tiempo con quien quisiera. O acostarse con alguien que no fuera él. Entonces, la mujer se dio la vuelta y él comprobó que era mucho mayor que Tess.

Continuó caminando hasta llegar al hotel. Se cruzó con borrachos, con un grupo de punkies y pensó en el riesgo que corría una mujer sola, de noche, por la ciudad. Si a Tess le había sucedido algo, él nunca se lo perdonaría.

Porque la amaba.

«No», pensó. No estaba enamorado de nadie. Y supo que era mentira en cuanto aquellas palabras aparecieron en su cabeza.

Cade Lorimer se había enamorado de una mujer de ojos verdes que había conseguido poner su vida patas arriba.

Tenía que encontrarla. Y decírselo. Tomarla entre sus brazos y hacerle el amor toda la noche.

Suponiendo que ella quisiera.

Treinta minutos más tarde, llegó al hotel. Llamó a su habitación y, una vez más, saltó el contestador. Miró en el bar. Y en el salón. Por último se dirigió al comedor.

La encontró cenando, sentada en una esquina. Tenía un libro abierto delante de ella y estaba bebiendo una copa de vino rosado.

Parecía que no tenía ninguna preocupación.

Cade se acercó a ella y le dijo:

—Parece que estés en tu casa.

Ella soltó el libro de golpe.

—¡Cade! —exclamó, y se puso en pie—. ¿Qué haces aquí? —entonces, palideció—. Del, ¿ha sufrido otro ataque al corazón?

—Del está bien.

—Entonces…

—Dime que te alegras de verme.

—¿Por qué iba a hacerlo? Has terminado conmigo como si fuera un libro que has terminado de leer.

—Me equivoqué.

—He venido para poner distancia entre nosotros. Algo en lo que insististe tú, no yo. Así que... ¿por qué has venido cuando yo hago todo lo posible por olvidarte?

—Llevas puesto el collar que te regalé.

—No puedo desabrocharlo —contestó ella—. Si lo quieres, es todo tuyo.

—Quiero que te cases conmigo.

Ella se quedó boquiabierta y se agarró al borde de la mesa.

—¿Estás loco?

–No. Estoy cansado, y estaba muy preocupado al ver que no habías llegado a pesar de que habías salido hacía tres horas de casa de Isabel. No tengo anillo y no he preparado ningún discurso. Pero quiero que te cases conmigo.

–¿Por qué? ¿Porque en lugar de ir detrás de ti, he ido en dirección contraria?

–Porque te quiero –dijo él.

–Estoy soñando y, en cualquier momento, me despertaré.

Cade la tomó entre sus brazos y le acarició la espalda. Después la besó de manera apasionada.

–¡Basta! ¡Un día terminas nuestra relación y al día siguiente me besas como si no existiera el mañana!

–Te quiero, hoy y mañana. Y para siempre.

La agarró de las manos y la miró fijamente a los ojos.

–Mi cuerpo te desea, eso no ha cambiado. Y nunca cambiará. Pero mi corazón también te desea. Mi corazón y mi alma. Y eso es lo importante.

–Oh –dijo ella–. Eso es como un poema.

–Fui idiota por terminar nuestra relación. Estaba asustado, tenías razón. Eres diferente, y no sabía cómo manejar lo que me haces sentir.

–¿Cómo te hago sentir? –preguntó Tess.

–Como si hubiera nacido para encontrarme contigo –dijo él–. Para quererte, desearte y casarme contigo.

–Odiabas desearme. Provocaba que salieras huyendo en sentido contrario.

–Ya he dejado de huir –le acarició el cabello–. Dime que te casarás conmigo. O si no quieres casarte, dime que vivirás conmigo.

–Te estás olvidando de algo importante.

–Dime.

–No me has preguntado qué siento por ti.

–Diablos, Tess, me da miedo. He hecho todo lo posible por alejarte de mí, ¿y ahora tengo que preguntarte si me quieres?

–Lo has comprendido –dijo Tess con una sonrisa radiante.

–¿Y cuál es la respuesta?

–Te quiero, Cade. Me di cuenta en la fiesta, el mismo día que terminaste nuestra relación.

–Pensé que estaba haciendo lo correcto. Para los dos –la rodeó por la cintura–. Dime otra vez que me quieres.

–Te quiero, te quiero, te quiero... Y haré todo lo posible para no aburrirte.

–Eso es lo que menos me preocupa –dijo Cade, y la besó de nuevo–. Cásate conmigo, Tess –susurró contra sus labios–. Seré muy bueno contigo, lo prometo. Y siempre te querré.

–Me casaré contigo, Cade.

–¿Aunque hace años que decidiste que nunca te casarías?

–Si tú puedes cambiar de opinión, yo también.

–Quiero que vayas de blanco. Igual que el día que viniste a mi habitación, en Venecia.

–Podemos ir a Venecia de luna de miel.

–Un matrimonio veneciano –dijo él–. Me parece bien.

Ella soltó una carcajada.

–No podrás echarte atrás… Tenemos todo un comedor lleno de testigos.

–Entonces, lo mejor será que traigan champán y que les pida a los presentes que brinden por mi futura esposa.

–Quizá sea lo mejor.

Y eso fue lo que hizo Cade.

Bianca™

**Le esperaban dos sorpresas:
su amante no era quien él creía...
y además estaba embarazada...**

Se suponía que Tegan Fielding tenía que hacerse pasar por su hermana gemela... ¡no acostarse con el jefe de su hermana! Pero James Maverick era demasiado sexy y poderoso como para resistirse y pronto Tegan se convirtió en su amante. A pesar de que él no sabía quién era realmente....

El engaño no podría durar porque Tegan se estaba enamorando del implacable magnate y, cuando ya se acercaban las Navidades, descubrió algo que iba a cambiarles la vida para siempre. ¿Cómo reaccionaría James cuando descubriera que su amante tenía un regalo de Navidad muy especial?

Engaño feliz

Trish Morey

Jazmín™

Amor y deber
Teresa Carpenter

Como miembro de las Fuerzas Especiales de la Marina, Brock Sullivan vivía de acuerdo con su propio código de honor, un código que no le permitía ver cómo Jesse tenía que apañárselas sola estando embarazada. No tenía por qué ayudarla, pero decidió ofrecerle cierta seguridad mientras él estaba lejos luchando por su país.

Jesse estaba dispuesta a hacer cualquier cosa por su hijo, incluso a renunciar a su sueño de encontrar el amor y convertirse en la esposa de conveniencia de Brock. Pero su marido volvió inesperadamente después de que lo hirieran en una batalla y lo que era un simple matrimonio de conveniencia empezó a convertirse en algo mucho más complicado…

El militar se había convertido en padre a tiempo completo... pero no en esposo

Deseo™

Sueños hechos realidad

Leslie LaFoy

Emily Raines sabía que Cole Preston no
quería que ella interfiriera en su familia.
Un hombre como Cole no podía creer
que Emily fuera tan inocente como decía ser y, por eso, cuando intentó sedu-
cirla, lo hizo con un motivo oculto: reve-
lar sus verdaderas intenciones.
Emily estaba dispuesta a seguirle el
juego, pero no iba a permitir que descubriera nada que ella no quisiera
compartir con él. Quizá fuera ella la
que hiciera que Cole abriera su corazón a todo tipo de posibilidades…

**No había nada más que verlo para saber
que lo más importante para él eran los negocios**